書かずに文章がうまくなるトレーニング

素人也能寫出好文章

從動筆前的「思考準備」到下筆後的「冷靜修改」，誰都能寫好作文、報告、企畫書的32種練習！

TAKURO YAMAGUCHI
山口拓朗——著　劉格安——譯

各方好手推薦

想從事寫作嗎？請先看完這本書再開始。本書作者以不同角度切入寫作的教學，提供了許多實用的寫作前訓練，包括「讀者本位」、「自問自答」、「設定期限」、「譬喻例句」等等，任何形態的文字工作者都會受惠良多。若能有效吸收這些好用心法，你的寫作生涯必可輕鬆突圍。

——資深網路人　于為暢

我一直在想，怎麼樣可以讓想學寫作的一般民眾「無痛」學會寫作？我自己是一個化工出身、做過工廠，再轉寫作的跨界人，我也曾是個門外漢。所以我特別注重拆解法、系統化、步驟流程，以及學員學習後的「可再現性」有多少，因為我相信寫作是可以學的。作者山口先生這套非常完整且經驗豐富的祕笈，也與我的寫作觀不謀而合，它就是我欣賞的寫作指導書，讀完這本書，我可以肯定地說，無論是新手高手本書可以讓你大有收穫。

——故事革命創辦人　李洛克

在網路時代，每個人都可以成為媒體。就算只是素人，也都有機會找到自己的切入點，成為一位大師。

以我自己來說，我一年前還只是一個人在家裡寫部落格。後來，我靠著經營部落格與粉專，開啟了整個網路事業。常常會有人來問我，為什麼會以部落格做為我事業的核心？文字還有人看嗎？

我都會告訴他們，文字才是最直接，最有力量的媒介。因為文字最能夠傳達有深度的思想，在這個注意力渙散的時代，深度的思想才是最有價值的。

我推薦《素人也能寫出好文章》，因為這不只是一本教你寫作的書，更是一本教你思考的書。從寫作中，練習思考，持續產出有價值的文章，成為深度思考的人——這絕對是網路時代很需要而且非常稀有的人才。

——站長路可

如果您看到這本書書名時，第一印象跟我一樣，以為又是一本教人套用寫作模板的書籍，那您就大錯特錯了！事實上，這本書不但不套模板，更主張「不動筆」，並透過在下筆之前，針對受眾、目的、對象、議題等各方面的系統化思考準備，讓您「一出手」就把文章寫好。

上述理念與我教學時不斷強調「好的簡報並不取決於創意或美感，而是能透過聚焦目的、優化邏輯，有系統的作出好的簡報」的觀念有異曲同工之妙。所以若您喜歡我們一直以來的分享與課程，那麼相信這本書絕對不會讓您失望的！

——簡報藝術烘焙坊創辦人　彭毅弘

不學會好好的輸出，你努力輸入再多都是白費。比起其他花招，寫作是最友善的、最能幫助自己條理分明的輸出方式，也是讓自己脫穎而出，讓上司、客戶、伙伴都注意與重視自己的最好方法。本書傳授的技巧非常實用，能幫助你做好最重要的寫作前準備，大大降低寫不出、寫不好的困擾，看完你會發現原來寫好文章真的很簡單。

——泛科知識公司知識長　鄭國威

前言

你有寫作的天分。

我是為了告訴你這件事，才決定寫這本書的。

你不相信自己有寫作天分嗎？
你認為我在胡說八道嗎？
但請相信我，你有寫作天分。
至今為止，你無法寫出一手好文章，是因為沒有人教過你寫作的方法。如果覺得我在騙人，請回想一下小時候上國語課的情形吧。

怎麼寫才能寫出一篇主旨清晰的文章呢？
怎麼寫才能寫出一篇引人入勝的文章呢？
怎麼寫才能寫出一篇打動人心的文章呢？
——有老師教過你這些事嗎？
答案是「沒有」對吧？

日本的國語課一向把重心放在讀解能力上；若提到寫作的機會，主要是作文或讀書心得，但成效究竟如何呢？老師們真的有仔細指導每一位學生的文章嗎？應該大多數人都會回答：「嗯……好像也沒有吧。」就算把問題內容改成「大學時期的報告」，答案恐怕還是不會改變吧。

可是老師們為什麼不仔細指導學生的文章呢？那是因為他們自己也沒學過寫作的方法。是的，老師們不是「不教」，而是「沒有能力教」。他們唯一能夠提供的建議，頂多就是「把自己的感覺寫出來」而已，批改的程度也視每個老師而異。在這樣的情況下，孩子們不可能發揮任何「寫作天分」。

但從今以後，一切都不是問題了，因為你已經拿起這本書。凡事只要踏出第一步，永遠不嫌遲。

踏入社會十八年來，曾以編輯、記者、撰稿人、作家等身分，靠執筆寫作維持生計的我，將在本書傳授學校絕對不會教的「寫作法」。

既然我身為文字工作者，怎麼會想告訴別人如何寫作呢？因為我曾有一段時間為寫作的方法感到苦惱。

我剛成為自由工作者時，工作領域瞬間拓寬許多，每個月都要替十到十五本雜誌撰寫原稿。媒體數量一增加，來往的編輯人數當然也增加，結果就發生了令我意想不到的事：我有更多機會從編輯口中得知他們對文章的批評或建議。

「您把簡單的事情寫得太複雜了。」

「您有考量到讀者的心情嗎？」

「探討的方式太不嚴謹了。」
「沒有說服力。」
「切入的角度不夠有趣。」
「您本人對這件事有什麼看法呢？」

再怎麼說也是靠文章賺錢的人，本來對自己的文章懷抱一定程度自信的我，就這樣一次次被折損信心，差一點失去身為職業寫手的自信。

之後我拜託編輯：「如果看到（對寫作法）有幫助的文章，請不吝告知。」市面上那些被評論為「有趣」、「淺顯易懂」、「深入」、「一針見血」的文章，我都盡可能親自看過一遍，以便找出那些文章與我寫的文章之間有何「相異之處」。

然後有一天，我終於恍然大悟了。原來我跟那些作家最大的差異並不是「寫作的技巧」，而是「思考」與「準備」啊。

從那天起，我開始改變寫作方式，從以往的「信手拈來」，改成「先思考再動筆」、

「動筆前先做好準備功課」。沒錯，我開始投注心力在「思考」與「準備」上。也是從這個時候開始，我發明了一套獨門的思考訓練法，並稱之為「自我鑽研」。這種方法的效果意外顯著，編輯給我的評語也逐漸出現變化，他們開始稱讚我的文章「淺顯易懂」、「很有趣」、「很實用」、「有節奏感」、「觀點一針見血」、「有洞察力」、「有分析力」、「有說服力」等等，然後不知道從何時開始，有人會說：「這篇文章很有您的風格。」當然，這裡的「風格」是正面的意思。

我很明顯地感受到一件事，就是「不動筆也能練出一手好文章」。在提筆（打開電腦）之前進行的「思考」與「準備」，才是讓我寫作力大幅提升的關鍵。

近幾年來，不僅透過執筆，還有演講、培訓、研討會等場合，我有愈來愈多機會向一般大眾傳授寫作的方法，過程中我發現，很多人都對寫作這件事有所抗拒。

我認為現在正是最佳時機，向那些「文章迷途」者傳授我所建立的訣竅。獨占「好用的利器」並不是我的興趣，我想要毫不吝惜地把我自己為了鍛鍊寫作力而特別留意的重點，和不動筆也能練出一手好文章的訓練法分享出去。

「助詞？」「起承轉合？」「連接詞？」「倒裝法？」……認為學習寫作好像很麻煩、很討厭的人也請放心吧，本書要傳達的並不是死板的寫作技巧，而是關於寫作的「思考」與「準備」。當然，我也不會做出「不負責任的指導」，光叫你「先模仿名作就好」（笑）。這並不是說「文章技巧」或「模仿名作」沒有意義，但與「思考」和「準備」比起來，重要性並不高。

很多人一進入寫作階段就會開始迷惘，不知道「我該寫什麼才好呢？」或「我該怎麼寫呢？」然後在目的地不確定的狀態下動筆，並一而再、再而三地「寫了又改」……最後完成一篇連自己也不知道在寫什麼的文章，或者因為事先毫無構想，想到什麼就寫什麼，導致寫出一篇對讀者而言「可有可無的文章」。

唯有一件事情我敢斷言。

一篇文章的好壞，九成取決於最初動筆的階段。

懂得「思考」與「準備」的人，就能寫出「好」文章；動筆前什麼也沒想，準備功課也做得馬馬虎虎的人，就會寫出「壞」文章。

舉個例子來說吧。

假設你與A初次見面，覺得「我跟這個人或許很合得來」，這時「為什麼我會覺得自己跟這個人合得來呢？」能夠思考（會主動思考）其中理由的人，與什麼也沒想（不主動思考）的人，寫出來的文章就會產生巨大的差異。

因為呢，假設要「寫一篇介紹A的文章」時，前者因為知道「合得來的理由」，所以寫得出具有說服力的文章，但後者並不曉得「合得來的理由」，所以寫不出具有說服力的文章。

當然，「初次見面的對象」只是其中一例，造訪某地、見到某人、經歷或體驗某些事情，或者目睹某些場面或事件、接觸到某些物品或服務時，能夠看穿眼前現象的本質，或能夠思考自己為什麼有這種感覺或心情的人，應該就能夠寫出好的文章才是。

這正是思考的差異，由小見大，**隨時隨地啟動思考模式，持續思考大大小小的事，寫作的肌肉就會鍛鍊得愈來愈發達**。

本書將針對如何運用思考或如何準備，才能寫出「淺顯易懂的文章」、「有說服力的文章」、「有深度的文章」或「引人入勝的文章」，提出具體的解說。同時也將介紹有效培養「思考力」與「準備力」的訓練法。是的，我會讓你和我一樣，不動筆也能練出一手好文章。

雖然說是訓練，但大部分都不需要用到紙筆，不論你在通勤、用餐、洗澡或散步，隨時隨地都能夠輕鬆地進行訓練，不需要使用任何工具，也就是不需要實際動筆書寫。其中也有很多只需要短短兩、三分鐘空閒時間就能夠挑戰的訓練法。由於不需要實際動筆寫作，因此即使是平常抗拒寫作的人，想必也能夠開心地進行訓練。

只要「思考」與「準備」有所改變，你所寫的文章就會大幅改善。

如果你工作上需要寫作，那麼工作成果將會有所提升，獲得周圍認可的機會也會增加。另外，如果你是學生的話，你的報告或論文應該會獲得教授的讚賞，成績也會變好才對。當然，對求職也會有正面的作用吧。

或者你定期在部落格或臉書上發表文章的話，對你有興趣的閱覽者應該會增加。此外，你的周遭應該會發生各種好事，例如透過簡訊或 LINE 的文字進行更圓滑的溝通，或者靠寫作賣出更多的產品或服務等等。

你還會得到意想不到的好處。「思考」與「準備」的改變，也會為你的說話方式帶來改變。沒錯，你的演講能力、簡報能力或談判能力也會不知不覺向上提升。當你寫得一手好文章，自然會產生莫大的自信。

事不宜遲，現在就是你擺脫「不會寫作的詛咒」的大好機會。跟著我一起體驗，如何不動筆也能練出一手好文章吧。

目錄

第3章 練出一手有說服力的文章……127

第4章 練出一手有深度的文章……189

第5章 練出一手引人入勝的文章……231

第6章　你的世界與人生將因文章而改變……303

第1章

提高整體寫作力的訓練

1 寫「讀者本位的文章」

～送禮訓練法

你知道日本國內販售的汽車雜誌有多少種嗎？

光是定期刊物就有五十本以上。

為什麼會有這麼多汽車雜誌呢？

我們把問題稍微改變一下吧。

汽車雜誌的讀者究竟是哪些人呢？

「嗯……喜歡車或想買車的人吧？」如此回答的你，雖然不能說你錯，但很可惜的是，也不能說是正確答案。

以下就來列舉汽車雜誌可能會有的讀者類型吧。

- 考慮購車的人／喜歡兜風的人／跑車愛好者／露營車愛好者／古董車愛好者／箱型車愛好者／輕型車愛好者／四輪驅動車愛好者／卡車愛好者／巴士愛好者／喜歡改裝汽車外觀或內裝的人／DIY愛好者／汽車用品愛好者／注重車庫的人／熱愛速度的人／汽車音響愛好者／賽車迷／喜歡環保車的人／賓士車主／BMW車主／MINI車主／美國車的車主……

相信比較敏銳的讀者應該已經注意到了吧？五十種以上的汽車雜誌，各自擁有不同的讀者。對於這個事實所代表的意義，我們必須仔細思考才行。

假設有某家出版社接下來打算針對「喜歡汽車的人」出版新的雜誌，那本雜誌恐怕也賣不出幾本吧，因為把讀者群設定為「喜歡汽車的人」，這樣的目標設定實在太模稜兩可了。

正如前面列舉的「汽車雜誌讀者類型」所示，即使同樣都是「喜歡汽車的人」，每個人的興趣或關心的事物都不一樣，「跑車愛好者」、「輕型車愛好者」和「賽車迷」想要的資訊截然不同，所以市面上才能夠同時存在五十種以上的汽車雜誌。

我們在寫作的時候，其實和汽車雜誌的銷售方式並無二致，**重要的是文章的「閱覽者」，也就是「讀者」的設定**。

假設Z先生要寫情書的話，請問他三年前交給A小姐的情書，與接下來要交給B小姐的情書，如果內容一模一樣，也就是完全複製貼上，這樣是OK的嗎？當然不可能OK吧（笑）。

因為閱覽者完全不同。A小姐與B小姐不僅個性或價值觀不同，興趣、嗜好、與Z先生的共同話題也不同。說得更深入一點，A小姐與B小姐對Z先生各自懷抱多大程度的好感……對Z先生的評價、在意程度或戀愛情感等，也都不盡相同。

Z先生在寫情書時，應該會對A小姐寫出適合A小姐的文章，對B小姐寫出適合B小姐的文章吧。這才是正確的寫作方式。寫情書時，這種站在對方立場思考的態度，本書稱之為「讀者本位」。

【讀者本位的文章】貼近對方立場與心情的文章↓容易得到期望的結果

【作者本位的文章】無視對方立場與心情的文章↓難以得到期望的結果

我們的目標當然是「讀者本位的文章」。想要寫出「讀者本位的文章」，必須注意以下三個重點，而且每一個重點幾乎都不可能忽略掉讀者設定的環節。

【重點①】寫讀者想看的東西
【重點②】內容要勾起讀者的興趣
【重點③】盡可能寫得淺顯易懂

如果是情書的話，很容易理解何謂「讀者本位」，但若換成其他文章，恐怕就沒有這麼容易了。換言之，不知不覺寫成「作者本位」的情況不在少數，那是心中沒有讀者的自我滿足式文章。文章並不是「寫完就結束」了，如果有所謂的「結束」，也是在如願達成「文章目的」，也就是在文章的意義或訊息傳達到讀者內心的那一刻。

企畫書、報告書、提案書、簡報資料、傳單、通訊報、電子報、部落格、臉書、小論文、報告、散文、專欄……無論在寫哪一種文章時，都不能夠忘記讀者的存在。

我有時會聽到人家說：「因為針對不特定多數人寫，所以無法設定讀者群。」但那只不過是沒有用心設定讀者群而已。這樣講好像很嚴厲，不過所謂的針對「不特定多數人」寫，就好像兩手一攤說「沒人讀也無所謂」一樣。理由相信你已經很清楚了，這道理就跟今天即使針對「喜歡汽車的人」創辦雜誌，也賣不出去是一樣的。

以本書《素人也能寫出好文章》為例吧，本書預設的目標讀者群是誰呢？職業作家？立志成為職業作家的人？想要多加精進寫作力的人？以上皆非。本書的讀者是「不擅長寫作的人」與「自認為不擅長寫作的人」。

因此，那些對寫作有自信的人，或許會讀到一半就闔上書本，覺得「好無聊」或「不用你說我也知道」，搞不好還會有人氣得抱怨：「真是白花錢了。」即使如此，我也不會放在心上，因為這本書預設的讀者群是「不擅長寫作的人」與「自認為不擅長寫作的人」。無法打動非目標讀者群的心，某方面來說也是無可奈何的事。

商業文書也不例外。以簡報資料為例，閱讀那些資料的人會是誰呢？業務部部長？

還是企畫部部長？或者是董事或總經理？亦或是廠商負責人？又或者是客戶呢？

即使同為部長，業務部部長與企畫部部長想知道的事情或要求的東西，應該也有一些細微的差異才對，而且每個人的性格也都不盡相同，當讀者有所改變，放進去的內容或寫法當然也必須有所改變。

假設你在公司向上司呈遞一份企畫書，標題如下：

《「發揮地方特色」的創業計畫開發提案書》

上司讀完這份企畫書以後，究竟會不會對內容產生興趣呢？可能有人會有興趣，也有人會沒興趣吧，結果因人而異。不過你不能說「反正結果因人而異，我也沒辦法了」，所以就認為「寫自己想寫的就ＯＫ了」。反而正因為結果因人而異，才必須設法因應那樣的差異。

話說回來，閱讀企畫書的人（上司）是哪種類型的呢？

①重視盈虧型
②重視社會貢獻型
③喜歡劃時代事物型
④重視部下熱忱型
⑤毫無想法型

如果上司是第⑤種類型的人，企畫書的內容如何或許沒有太大關係，不過如果想讓①～④的上司覺得「這個企畫不錯！」就必須配合他們的類型提案才行。以下即為其中一例。

①重視盈虧型↓納入數字，明確列出成本、營收或淨利。
②重視社會貢獻型↓納入社會貢獻要素，例如「人口嚴重流失地區的重振計畫」等等。
③喜歡劃時代事物型↓強調企畫的創新程度。

④重視部下熱忱型↓展現企畫提案者對企畫的動力或熱忱。

如前所示，讀者群設定也是一道掌握特定讀者興趣或需求的程序。在書寫「讀者本位的文章」上，這是極其重要的一環。即使是面對第⑤種類型的人，也並非毫無應對之策。要怎麼樣才能讓毫無想法的人產生興趣呢？絞盡腦汁想出答案，就是「讀者本位的文章」的真髓。

掌握讀者興趣或需求的作者，就像熟知客戶煩惱的超級業務員一樣。換句話說，這樣的人能夠精準地提供對方想要的東西、想要了解的資訊，或是想要閱讀的文章。這可以說是最理想的狀態吧。

以下介紹的「送禮訓練法」將幫助你有效磨練寫作時的「業務雷達」。

送禮訓練法

「文章」與「禮物」非常相似，如果送（寫）對方想要的東西，對方就會很高興，但如果送（寫）對方不想要的東西，很可能會讓對方感到困擾。送禮物（＝文章）的步驟如下：

【步驟①】了解對方（讀者）的類型

【步驟②】了解對方（讀者）的興趣、需求

【步驟③】提供符合對方（讀者）興趣、需求的東西

在距今將近二十年前，我送給當時的女朋友（現在的妻子）一只綠色的瓷罐。我並未掌握她的興趣或需求就選了那只瓷罐。

她帶著一臉複雜的表情對我說：「小拓（筆者的綽號），因為我想和你長久交往下去，所以就直說了……既然要送我禮物的話，就送我想要的東西吧。」真是一語驚醒夢中人（笑）。

連收到我禮物的人都這樣教訓我了，可見當時我寫的文章應該也很糟糕吧。八成只知道自我陶醉地寫些自己想寫的東西，這就是典型的「作者本位」。

一年之中，多少有幾次送人禮物的機會吧。每次送禮時，請送對方會喜歡的禮物

吧。這就是超具實踐性的「送禮訓練法」。

- 喜歡咖啡的人↓送星巴克隨行卡
- 喜歡書本的人↓送對方想看的書
- 小孩剛出生的人↓送嬰兒用品（配合對方的喜好）
- 喜歡日本酒的人↓送有名的日本酒或稀有的日本酒
- 注重健康的人↓送對方還沒使用過的健康產品
- 喜歡吃辣的人↓送市面上很難買到的超辣食品

對方喜不喜歡那個禮物，從你交出去的瞬間就會表現在對方的反應上。真正高興時的表情，應該與出於禮貌的回應稍有不同才對。眼神、表情、言語、肢體動作、感謝的方式……。

如欲提高送禮的眼光，必不可缺的就是「假說」與「驗證」。「這個禮物對方應該會喜歡吧。」先建立這樣的假說並挑選禮物，再看對方的反應進行「驗證」。若疏於驗證，則永遠也無法提高假說的精確度。當朋友、熟人、戀人或家人開始會稱讚你說：「你真的很會挑禮物耶。」這就表示你送禮的眼光已經有一定的水準了。

當然，為了掌握對方的興趣或需求，平常在與對方相處時就必須稍加用心，例如「（假裝不經意地）詢問」對方等等。閒聊時或透過電子郵件往來時，其實都是絕佳的研究機會。

當你掌握對方的興趣或需求以後，就能夠花更多心思琢磨送禮的方式。有人喜歡你事先告知：「我會送你○○喔」，也有人喜歡出其不意的送禮方式，這也是不同類型之間的差異。即使搞錯方向，也不至於發生只送自己喜歡的東西，或送禮的一方擅自設想「在這種情況下送禮，對方應該會很高興才對」等情況。

此外，除了送禮之外，「提供他人協助」或「為他人貢獻」等行為，同樣能達到類似的訓練效果。當你提供的協助（貢獻）是對方「希望你做的事情」時，對方就會感到高興，反之則會感到困擾。

充分掌握對方的興趣或需求是重要的關鍵。提供協助（貢獻）時，若對方的反應不佳，請記得驗證「哪裡出了問題」？然後從下一次開始力求改善吧。

2 「輸出」並善用記憶
～說話、書寫訓練法

「記憶力」與「寫作力」的關係是無法分割的，因為寫作的過程也包含從大腦提取記憶的作業。

為了讓大腦記住資訊，理所當然地，必須有資訊的輸入（Input）才行。體驗、經驗、感覺、從別人口中聽來的消息，或從書籍、報紙、雜誌、網路等得到的資訊……這些全都是「輸入」。然而，「輸入」卻不見得等同於「記憶的成形」。

大腦有兩種運作模式，一種是暫時保存記憶的「短期記憶」，另一種則是記憶保存期限較長的「長期記憶」。在暫時保存在「短期記憶」的資訊當中，唯有被大腦判斷為「必須記住的重要資訊」，才會移動到「長期記憶」。

「長期記憶」是一個人專用的「內建辭典」，我們隨時可以依據個人需求，從這本辭典當中提取資訊。反之，沒有移動到「長期記憶」的資訊（短期記憶），大多數都會在幾個小時到幾個月之內自然消失。

雖然有些人從事記者或寫手等必須善用「短期記憶」持續寫作的工作，但要貫徹這種型態的工作，需要承受相當大的時間壓力，像是採訪完後立刻在現場寫稿等等，因此只要不是身為職業作家的人，都應該以強化「長期記憶」為目標才對。

那麼要怎麼做才能把資訊從「短期記憶」移動到「長期記憶」呢？其中一個有效的方法就是資訊的輸出（Output），也就是「說話」與「書寫」。

沒錯，所謂的輸出沒別的，就是本人主動「使用語言」而已。人在說話或書寫時，一定會經歷以下①→②的流程。

【流程①】理解資訊

【流程②】整理資訊

藉由資訊的「理解↓整理」，「短期記憶」的資訊會移動到「長期記憶」。事實上，平時經常與人聊天或寫筆記的人，能夠從記憶當中提取的資訊量應該也比較多才對，因為他們經常透過「說話」或「書寫」進行資訊的「理解↓整理」。

如果不說話也不書寫，就無法進行資訊的「理解↓整理」了吧。最後資訊就會停留在「短期記憶」裡，隨著時間的過去逐漸被淡忘。

「說話、書寫↓輸入↓再度說話、書寫↓輸入↓再度說話、書寫」

平常就持續進行這個循環的人，可以從大腦提取的資訊量應該也比較多，「長期記憶」的成形也比較穩固才對。

【已養成「說話、書寫」習慣的人】
「長期記憶」的量較多↓可以從大腦提取的資訊較多
【未養成「說話、書寫」習慣的人】

「長期記憶」的量較少↓可以從大腦提取的資訊較少

我想你的周圍至少也有一位可以被形容為「無所不知」、「博學多聞」或「知識巨人」的人吧。請仔細觀察那些人，他們是不是屬於經常說話、經常書寫，也就是善於輸出的那種人呢？

反而言之，**即使是一年閱讀數百本書的讀書人，或是足跡踏遍世界各地的旅人，如果從不進行任何輸出的話，就無法成為「知識巨人」**。因為資訊不會從「短期記憶」移動到「長期記憶」。

我很喜歡看電影，平均一年會觀賞超過一百部作品。有趣的是，那些電影可以很明確地區分成兩種：能夠強烈留在記憶裡的電影，和無法留在記憶裡的電影，而且完全無關乎電影「有不有趣」。兩者的分歧點就是「影評」。

應該是因為在看完電影後書寫影評時，作品資訊（包含自己的心情或感想）會從「短期記憶」移動到「長期記憶」吧。即使時隔多年，我還是可以輕易地從大腦中提取那些資訊。反之，在我沒寫過影評的作品當中，有些我甚至連「大綱」都想不起來。

順帶一提，在讀書後「抄寫原文」，以「輸出效果」來說是很微弱的，因為在「抄寫」的情況下，即使跳過前述「理解資訊→整理資訊」的過程也能夠完成。在寫書本的內容時，不要一字一句地「照抄」，先試著在腦海中「理解資訊→整理資訊」，再闔上書本，用自己的言語寫寫看吧。只要使用這個方法，就能將資訊從「短期記憶」移動到「長期記憶」。

說話、書寫訓練法

想要把資訊從「短期記憶」移動到「長期記憶」，一個有效的訓練方法就是增加輸出量。其中最容易就可以進行的是「說話、書寫訓練法」，也就是增加「說話」機會與「書寫」機會的方法。

- 吃完午餐回到公司後，跟同事說話↓「車站前新開的義大利餐廳，便宜得嚇死人。前菜、沙拉、湯、主菜加上飲料，總共只要八八〇日圓*，你改天也去吃吃看吧。」
- 回家後對妻子或小孩說話↓「我剛才在電車上看見一個超誇張的人耶，他躺在椅子上睡覺，但不知道為什麼頭底下竟然還有枕頭（笑）。我超驚訝的，怎麼會有人帶枕頭出門啊。」
- 對好久不見的朋友說話↓「十二月一定會手忙腳亂到讓人受不了的程度，因為到時候不僅是忙季，而且每兩天就有一場尾牙，我現在每天都得靠胃藥過日子呢。」

「說話對象」或「說話內容」不限，如果有「必須盡快寫成文章的事情」或「平時常寫的事情」，就更積極地把那些事情（主題、題材）拿來當作話題吧。

比方說，如果預計寫一篇創立服裝品牌的宣傳文章，就談論關於新品牌的目標、理念、特色或店面等話題。

如果預計在部落格上寫一篇關於「蔬菜營養價值下降」的文章，就談論關於具體的蔬菜種類、營養價值下降的理由或理想的攝取方式等話題。

附帶一提，比「說話」更進階的，還有高級篇的「教學」。在教別人的時候，必須迅速且確實地回答對方的提問或疑惑。換句話說，透過準備教學的過程，資訊的「理解↓整理」的處理能力會提高，「長期記憶」的量將會加速成長。如果你正在寫專業度高的文章或特定領域的文章，或許可以靠著負荷更大的「教學訓練法」達到強化「長期記憶」的目的。

另外，我還想建議你與「說話」同時進行的，就是「書寫訓練法」。在這種訓練法當中，我們會處理到的是感情、感覺、意見或思考等自己內面的資訊。文章不需要寫得多好或多長，只要使用筆記本、記事本或智慧型手機，積極地記錄即可。即使只有一分鐘的空閒時間也做得到。

● 寫下讀過的書中讓你有共鳴的點

＊相當於台幣二五〇元。

- 寫下最近做了什麼讓人開心的事情
- 寫下最近被別人稱讚的事情
- 寫下最近令你開懷大笑的事情
- 寫下最近令你感動的事情
- 寫下最近失敗的事情
- 寫下最近令你生氣的事情
- 寫下現在的煩惱
- 寫下想要完成的目標
- 寫下現在想要的東西
- 寫下將來的目標
- 寫下想要推薦給別人的〇〇

「不習慣將內心事說給別人聽」的人，如果只是私人程度的筆記，應該也不會感到太勉強吧。寫下自己內面的資訊，將能夠強化「長期記憶」，自己的意見或思考也會變得愈來愈明確。

透過書寫，可以達到更深入的思考。

如果是「不太了解自己」或「不太能夠掌握自己心情」的人，「書寫訓練法」更能夠發揮顯著的效果。將資訊從「短期記憶」移動到「長期記憶」後，也會更容易從記憶當中提取「自我（自己的意見或價值觀等）」。這同時也是一個真正了解自己的大好機會。

3 學會向自己提問，就能改善文章的品質

～自問自答訓練法

請問，你經常與自己對話嗎？

回答「是」的人，或許你已經是個寫作高手了；反之，回答「不」的人，或許你並不是那麼擅長寫作吧。

但即使是回答「不」的人，也請放心吧，只要學會接下來介紹的「自問自答」，從今以後你的文章應該會大幅改變才對。**所謂的「自問自答」，就是對自己「發問」，然後提出那個問題的「答案」。這個反覆進行的過程，就是「寫作」行為的真面目。**

人有時會在事後才意識到「真正的價值」，例如生病後才意識到「健康的重要性」，或是父母過世後才意識到「父母的重要性」。

失敗的經驗也是。失敗的瞬間會心情沮喪，很容易用負面的心態看待失敗，但事後回顧才發現「因為有那次失敗，自己才能夠成長」的情況也不在少數。

我自己以前在創投公司上班時，失敗的經驗也難以計數。用天氣預報的方式來說，就是「失敗中偶有成功」的狀態。但那無數次的失敗，在我創業後都派上了用場。

這篇文章其實也是透過連續的「自問自答」寫出來的，接下來就來實況轉播一下，帶各位看看究竟是什麼樣的一段對話。

自問：我現在想寫的訊息是什麼呢？
自答：人有時會在事後才意識到「真正的價值」。我想寫這樣的訊息。
自問：好像很有趣耶，那有什麼具體的例子嗎？
自答：有幾個例子啊，比方說生病後才意識到「健康的重要性」。
自問：確實是這樣沒錯（笑）。還有呢？
自答：父母也一樣吧？很多人都是在父母去世後，才意識到他們的重要性不是嗎？

自問：嗯，也許吧。除了「重要性」之外，還有其他的例子嗎？

自答：這個嘛，失敗經驗怎麼樣呢？大家都很討厭失敗吧（笑）。

自問：嗯，很討厭啊（笑）。

自答：可是很多時候，失敗也會成為成長的養分不是嗎？

自問：有道理，這一點確實也沒錯。你有什麼實際的經驗嗎？

自答：實際經驗？嗯……對了對了，我現在之所以能夠自己出來當老闆，都要感謝當初失敗的經驗，尤其是以前任職過的創投公司，失敗的次數更是難以計數……

自問：你失敗過這麼多次嗎？

自答：那可真不是在開玩笑的，如果用天氣預報的方式來說，就是「失敗中偶有成功」的程度吧。

自問：那真是辛苦你了（笑）。

自答：嗯，但我覺得那無數次的失敗，在我創業後都派上了用場。

自問：原來如此，失敗成了你未來的原動力啊。

文章的背後存在著這麼一段自問自答的過程。這絕不是只有少部分特別的人才在做的事，而是所有人在寫作時都會這麼做，只是大家沒有自覺而已。

之所以能夠給出「答案」，是因為對自己提出「問題」。如果不對自己提問的話，人是無法寫出任何東西的。所謂文章的內容，包含自己的意見或主張在內，都是由自問所導出來的結果。

文筆平淡無奇的人，代表他對自己提出的問題也平淡無奇；文筆模稜兩可的人，代表他對自己提出的問題也模稜兩可；文筆草率馬虎的人，代表他對自己提出的問題也草率馬虎。

反而言之，**如果想寫出鞭辟入裡的文章，就得提出鞭辟入裡的問題；如果想寫出具體的文章，就得提出具體的問題；如果想寫出言之鑿鑿的文章，就得提出言之鑿鑿的問題。**

①電視應該會繼續存在吧。

自問：電視這種媒體會消失嗎？

②電視應該要增加直播的節目吧，最近的電視都「編輯」過度了。當然，我認為電視的編輯力是提高節目魅力不可或缺的武器，可是太過依賴這種武器是很危險的，因為有可能會失去臨場感或緊張感，導致無法帶動觀眾的情緒。

唯有增加不依賴編輯的直播節目，才能重新找回過去電視節目的那種緊張感與趣味性吧。我總覺得直播節目特有的臨場感，才是觀眾最渴望看到的東西。

自問：電視這種媒體如果要重新找回魅力，需要的是什麼呢？

①的文章是「電視這種媒體會消失嗎？」的答案。雖然這個問題本身並沒有不好，但大部分的人應該都還覺得電視不可能會馬上消失吧？所以即使聚焦在這個話題上，也無法讓閱讀的人產生興趣。

反觀②的文章是在「電視應該會繼續存在」的前提下，提出「電視這種媒體如果要重新找回魅力，需要的是什麼呢？」這樣的問題。要針對這個問題導出答案並不是一件簡單的事，不過也正因如此，這個問題才有回答的價值，如果能夠進一步提出有趣的見解，讀者的滿足度也會比較高。

③ 狼吞虎嚥很危險。

自問：狼吞虎嚥是好事還是壞事？

④ 狼吞虎嚥是很危險的，因為食物沒在口中被嚼碎，也沒有充分與唾液混合。當又大又硬的食物就這樣進入體內時，會對消化器官造成嚴重的負擔，進而提高消化器官發病的風險。

而且如果食物在短時間內大量進入體內，血糖會急遽上升，如此一來，胰臟就會分泌過多的胰島素來抑制血糖上升。由於胰島素具有抑制脂肪細胞分解的作用，因此一旦分泌過多就會造成肥胖。換言之，「狼吞虎嚥」本身就是造成肥胖的主因。

咀嚼的標準大約是每一口咀嚼三十下，食物與唾液混合成像粥一樣是最理想的狀態。

那麼要怎麼做才能改善狼吞虎嚥的習慣呢？

其實只要「一邊吃東西一邊計算咀嚼的次數」就可以解決這個問題，只是吃東西狼吞虎嚥的人，通常有咬一咬就吞下去的習慣。

此時有一個好辦法，就是養成每次把食物放進嘴裡後，暫時把筷子置於餐桌上的習慣。只要筷子不在手中，自然無法再把食物送進嘴裡。這樣一來，應該就能利用那段時間，充分地咀嚼食物了。

此外，「把食材切大塊一點」、「使用有嚼勁的食材」、「增加菜色，依序進食」、「不要和著水或湯汁一起吞下去」等，也是預防狼吞虎嚥的方法。除了養成「把筷子置於餐桌上」的習慣，不妨也多多運用這些方法吧。

自問一：狼吞虎嚥是好事還是壞事？

自問二：為什麼狼吞虎嚥不好呢？

自問三：怎麼樣才能改善狼吞虎嚥的習慣？

③的文章是「狼吞虎嚥是好事還是壞事？」的答案。不管是問題本身，或者是「狼吞虎嚥很危險」的答案，都沒有什麼不好的地方，只是這段自問自答只用一句話就結束了，寫出來的文章當然也就顯得「缺乏深度」。

反觀④的文章是繼「狼吞虎嚥是好事還是壞事？（自問一）」之後，再提出「為什麼狼吞虎嚥不好呢？（自問二）」、「怎麼樣才能改善狼吞虎嚥的習慣？（自問三）」等問題，經由持續的自問來延伸話題，不是問完一個問題以後就結束，而是嘗試從導出來的答案中，靠著自己的力量去申論。

當然，若非醫療從業人員或健康達人，要寫出狼吞虎嚥很危險的理由或改善方法，並不是一件簡單的事。在某些情況下，或許還需要活用書本或網路搜尋資料或文獻吧，不過竭盡全力導出來的答案往往會具備深度。如果不進行自問，就不會努力導出答案，那樣雖然非常輕鬆，但在那樣的情況下寫出來的文章，卻也無法擺脫「平淡無奇」的範疇。

日本的人口減少問題據說已經來到「刻不容緩」的階段。

如果要解決現階段的人口減少問題，也就是為了阻止人口減少，你認為什麼樣的對策是有效的呢？

「接受移民」、「生產暨育兒支援」、「產後再就業支援」、「擴充托兒設施」……好像還有很多方法對吧？假如要寫一篇文章強調「接受移民的必要性」，就提出與「接受移民」有關的問題進行自問，例如「一年大約要接受多少移民才好呢？」或「假如每年接受二十萬移民，五十年後會變怎樣呢？」想要寫出具有說服力的文章，即使是再難的自問也得設法回答才行。

寫作就是一段反覆「自問自答」的過程。換句話說，「自問自答」會決定文章的品質。

以往不習慣與自己對話的人，可以先從容易回答的問題開始，等到習慣以後，再逐漸增加較為尖銳的問題即可。有時候也必須扮演不懷好意的記者，逼問自己一些難以回答的問題。如果能夠確實地回答那些「戳到痛處」的問題，應該就能寫出值得一讀的文章了吧。

在進行「自問」時，抱持「代替讀者提問」的意識也是很重要的，也就是代替讀者提問讀者想要知道的事情。如果能夠回答讀者的問題，就能夠寫出讀者想看的文章；反之，如果無法回答的話，就無法寫出讀者想看的文章，因此千萬不能輕易就放棄「自答」。

一旦養成代替讀者自問的習慣，也就能夠磨練所謂的「預見力」。如此一來，當你在寫作時，就能時常將讀者的興趣或需求納入考量，思考「寫什麼才能讓讀者高興？」「寫什麼才能讓讀者接受？」或「寫什麼才能讓讀者感到驚訝？」逐步建立完成通篇文章的計畫。

最後再稍微回到前面的問題，我在前文曾提問：「如果要解決現階段的人口減少問題，也就是為了阻止人口減少，你認為什麼樣的對策是有效的呢？」如果你在閱讀這段文字時，腦海中曾浮現「慢著慢著」的念頭，代表你是一個頭腦反應很快的人，因為「解決人口減少問題」不見得等於「阻止人口減少」。換句話說，我所提出的問題存在偏見。

若對事物或資訊採取被動接受的姿態，人就會忘記使用「為什麼」。那樣一來，就無法寫出真正有深度、真正一針見血的文章。

為了讓自問自答有效發揮作用，面對事物或資訊應該採取主動的姿態，某些情況下還必須適時地停下腳步思考：「真的是這樣嗎？」如果一開始就選錯方向，後續無論反覆進行多少次自問自答，都無法抵達真正的終點。先選擇適當的方向，再進行自問自答，這樣的順序是很重要的。

自問自答訓練法

如果想要描寫關於昨天參加馬拉松比賽的事，應該問自己哪些問題才好呢？假如問說：「你有跑完全程嗎？」可以回答：「我跑完全程了。」不過光是這樣的話，無法構成一篇有趣的文章。

當你經歷某些體驗或經驗時，不妨對自己提出各式各樣的問題，這就是「自問自答訓練法」，不過不需要實際寫下來，只要盡可能從各種角度對自己大量提問即可。

- 比賽名稱是？

- 你跑的是哪一種賽程？
- 你跑了幾公里？
- 你有跑完全程嗎？
- 你的時間（排名）是？
- 好玩嗎？很累嗎？
- 你有順利按照配速跑嗎？
- 供水一切順利嗎？
- 比賽前花了多少時間訓練呢？
- 當天的體能狀況還好嗎？
- 有時間限制嗎？
- 沿途的加油情況如何呢？
- 冠軍的時間是？
- 為什麼你會想要去參加比賽呢？
- 跑馬拉松有什麼好處嗎？

- 有發生什麼有趣的事嗎？
- 周圍的跑者之中，有沒有什麼有趣的人呢？
- 你明年還會再參賽嗎？

每問一個問題，就針對問題提出答案（在心裡自問自答）。

有些人甚至會在被問到：「當天的體能狀況還好嗎？」時，才發現「啊，這麼一說，我那天有點睡眠不足，所以一早就覺得腦袋昏昏沉沉的。」這樣的「發現」才是自問自答的真髓。如果沒有任何的發現，再怎麼絞盡腦汁，也寫不出好的內容，但只要有所發現，就有動筆的材料。**「發現」會拓寬文章的可能性**。

完成一遍自問自答後，接下來就挑選出「萬中選一」的答案，根據那個答案進行刨根究柢式的自問自答。

自問：好玩嗎？很累嗎？

自答：前半段很好玩，但後半段簡直累死我了。

自問：有這麼累啊？

自答：我累到快跑不動了，最後五公里的速度簡直跟快走沒什麼兩樣。

自問：為什麼會累成那樣呢？

自答：因為我沒有按照配速跑，前面衝太快了，當時應該控制一下速度才對的。

自問：控制速度的話會怎麼樣呢？

自答：那樣應該可以用同樣的速度跑完全程，打破我自己的紀錄吧。

自問：你會跑得那麼累，還有其他原因嗎？

自答：我還有一點脫水的症狀。

自問：當天沒有供水嗎？

自答：我有一段忘記去供水站領水了。

自問：以後可以如何改善呢？

自答：我應該要更冷靜地控制比賽節奏才對，如果能保持冷靜的話，就可以避免發生衝太快或忘記去供水站取水等情況了。

刨根究柢式的自問自答，在你有特別想寫的重點事項，或是你直覺認為針對某個問題刨根究柢，可能會得到有趣答案時，都是很有效的。

先進行橫向發展的自問自答，再進行縱向挖掘的自問自答。只要學會這樣的搭配，不管想寫什麼事情都能夠信手拈來。

究竟會迸出什麼樣的問題？又會迸出什麼樣的答案呢？盡情享受與自己的對話吧。

4 建立「例行動作」，有效提高專注力

～發掘開關訓練法

「現在請提高專注力。」

「現在請釋放專注力。」

面對這樣的要求，應該沒有多少人能夠瞬間做出反應，隨心所欲地調節專注力吧。

注意力遲遲無法集中，結果一封郵件寫了三十分鐘以上……

必須在中午以前完成的報告書，最後拖到傍晚才做完……

花了一個小時以上的時間寫部落格……

你是否也曾發生過類似的經驗呢？想要控制專注力，必須經過一定的訓練。

職業棒球選手鈴木一朗的厲害之處，據說是他每次比賽都能在場上維持同樣的專注

力（而且還是最大的程度）。

鈴木一朗從進入球場開始，一直到比賽中、比賽後，每一次都毫無遺漏地完成他的例行動作。

先做伸展運動，然後用球棒前端先右後左輕敲釘鞋，再由左腳進入打擊位置。用釘鞋踏平地面後，從下方開始轉動球棒，再伸直右手，將球棒垂直對準投手。左手則抓住制服肩膀的部分，輕輕將衣袖往上拉。

眾所皆知，這是鈴木一朗進入打擊位置時的例行動作。據說這一連串動作的目的，也是為了幫助他提升專注力。例行動作是一種有效提升專注力的手段，在學術上也已獲得證明。這種高度專注，能夠將自己的表現發揮到極致的精神狀態，又稱為「忘我境界（Zone）」，而例行動作就是誘使自己進入「忘我境界」的扳機。

這種例行動作的原理完全可以應用在寫作上。**如果能夠在專注力處於巔峰的狀態下寫作，自然能夠提升文章的品質。**

- 早上起床後散步三十分鐘。回家沖澡後，打開電腦開始寫文章。

- 從離家最近的車站到公司附近的車站，車程二十五分鐘。搭上電車後打開智慧型手機的記事本，開始寫文章。
- 在上班時間前一小時抵達公司。一邊喝熱咖啡，一邊花十分鐘瀏覽當天的早報。看完報紙後啟動電腦，開始寫文章。
- 到家後先吃晚餐，再去洗澡，洗完澡直接回房。在床上打開筆記型電腦，開始寫文章。

這些只是其中幾個例子而已，重要的是和鈴木一朗一樣，將寫作的行為與前後的流程共同化為例行動作。最理想的狀態不僅是固定寫作的時間，最好連寫作前一連串的動作都化為每天的例行功課。

有些人可能會覺得每天固定完成例行動作是一件很困難的事吧？那麼你可以無視寫作之前的流程，只要準備一種可以瞬間集中注意力的簡易開關即可。只要反覆地切換開關，一樣有助於提高專注力。

- 擦完桌子以後，開始寫文章。
- 喝一口熱咖啡以後，開始寫文章。
- 播放固定的背景音樂以後，開始寫文章。
- 大喊一聲「喝！」以後，開始寫文章。
- 把手錶拿下來放在桌上以後，開始寫文章。

什麼事情能夠成為開關因人而異，就請你把自己最順手的動作當作開關吧。就像對鈴聲有反應的「巴夫洛夫的狗」一樣，只要能夠條件反射性地提高專注力，就代表那個開關能夠有效運作。

開關最好不要過於困難或複雜，就算只是「用雙手拍兩下自己的臉頰」也無所謂。

以我自己為例，我在寫作前會進行三次大大的腹式呼吸，在這一瞬間切換開關。

我從以前就注意到，我在寫作的時候，呼吸會變淺，呼吸一旦變淺，腦部的血液循環變差，寫作的成果自然會下降。當初我是為了改善這個壞習慣才開始採取腹式呼吸，後來在不知不覺之間，便成為我提高專注力的開關。

鈴木一朗在打擊位置上也會「呼」地用力吐一大口氣，看來這或許是一種還不錯的開關吧，有感覺的朋友也不妨試一試。

有時不管怎麼努力切換開關，始終無法提高專注力，也就是有「敵人」在妨礙你集中精神。寫作時也必須掌握這個「敵人」的真面目，以我為例，我最大的敵人就是「睡魔」。每當睡魔侵襲時，無論我怎麼切換開關，就是無法提高專注力。有些人的敵人不見得是「睡魔」，有可能是「肚子餓」，反之也有可能是「吃太飽」。此外，有些人的敵人是身旁有人的狀況；反之，也有些人的敵人是身旁沒有人的狀況。

對自己來說，妨礙專注力的「敵人」是什麼？降低專注力的「敵人」又是什麼呢？只要事先知道這些，就能夠規避風險。

附帶一提，當我遭到睡魔侵襲時，我就會放棄寫作，直接去睡覺（包含小睡片刻），因為就算在專注力散漫的狀態下寫作，也寫不出什麼好文章來。與其在無法專注的狀態下寫出拙劣的文章，不如出門散散步還比較好。如果無論如何都必須動筆的話，就去上洗手間或打開窗戶呼吸一下外面的空氣，至少得先擊退妨礙專注力的「敵人」才行。

此外，還有一個跟「敵人」一樣必須注意的，就是「誘惑」，尤其需要當心網路和電子郵件的誘惑。在寫作的時候必須設法斷絕誘惑，例如「不打開網路」、「不打開信箱」或「把手機放進抽屜裡」等等。必須銘記在心的是，專注力一旦被打斷，要再恢復並不是一件容易的事。

好不容易把例行動作化為習慣，如果不能避免「敵人」或「誘惑」中斷專注力，那就沒有意義了。面對這些情況時，請先預備好各自的應對方法吧。

發掘開關訓練法

利用開關提高專注力，不曉得你準備的是什麼樣的開關呢？當然，強制決定一種開關也無所謂，不過最理想的，還是找到一種專屬於你自己的開關。發掘開關的線索就在你心裡，你在什麼樣的時刻容易專注呢？請檢視一下平常的生活，仔細發掘自己的傾向吧。

- 擦拭電腦的鍵盤
- 擦拭眼鏡
- 嚼口香糖（吃糖果）
- 收拾桌面
- 轉動頸部

請回想一下，以往有哪些不經意集中精神的瞬間呢？請問當時你處在什麼樣的環境中？處於什麼樣的情緒下？你做了什麼動作？線索或許就在你身上穿的衣服、屁股底下坐的椅子或當時播放的背景音樂中，也或許是在能專注的時段或者是身心狀態中。

當寫作已成為你的每日例行事項，那麼除了開關之外，也請把前後的流程一併納入例行動作的考量中吧。最理想的是每天都能做到的事，假如決定「起床後散步→沖澡→早餐→執筆」，至少持續進行一個月這樣的例行動作，努力堅持到身體記住這樣的習慣為止。例行動作一旦養成習慣就跑不掉了，即使你自己沒意識到，身體也會自然而然採取行動。

既然專注力會大幅影響文章的品質，就不能夠放任專注力忽高忽低。若能學會自己控制專注力，在寫作上耗費的勞力應該也會大幅減輕吧。

5 設定「期限」，有效加快寫作速度

～設定死線訓練法

有一種提升專注力的方法，在與前項「例行動作」一併使用下，能夠發揮極大的效果。

那就是「設定期限」。

舉例而言，「如果不在二十分鐘內寫完〇〇的原稿，就會造成工作上的損失」。在這種情況下，你應該會想盡辦法在二十分鐘之內寫完原稿吧？那二十分鐘之內的專注力想必不容小覷。

在期限快要截止時，人會展現出超乎想像的力量。每個人至少都經歷過一次這樣的體驗吧？

這也與我自身超過十八年以筆謀生的經驗不謀而合。早上七點，我必須在一天之內交出五本雜誌的原稿，即使一邊心想「這麼多哪寫得完！」卻也沒那個空閒時間哀號了，只能趕緊坐在電腦鍵盤前開始打字。說到那段時間內的專注力，連我自己都會嚇一跳。等我回過神來以後，我已經在當天的二十三點五十九分寄出郵件給第五位編輯，附上完成的原稿。這樣的專注力究竟從何而來？連我自己也感到不可思議。

人只要想到「隨時都可以做」，就不太會認真起來做事，專注力無法提升。豈止如此，如果距離截止期限還很充裕的話，大部分人都會一拖再拖，直到拖不下去才開始動筆。尤其要在此一提的是，當「充裕」的時間被耗盡，開關會在瞬間被切換，人就會發揮出不可小覷的專注力。人類的這種特性也已在腦科學界獲得證明，稱為「死線前的衝刺（Deadline Rush）」。

請回想一下我在前面提到的個人經驗，我將最後的原稿寄給編輯是二十三點五十九分的事，假如截止時間是二十三點三十分的話，結果會如何呢？我會趕不上截止時間嗎？答案是「不會」，我一定會在二十三點二十九分時寄出原稿對吧？

換句話說，死線前的衝刺就是「人類怠惰習性」的反面。

因此，**想要提高專注力時，一種有效的策略就是強制設定期限（=死線）**。有趣的是，在設定期限的前提下短時間內寫出來的文章，與在未設定期限的前提下寫出來的文章，品質幾乎相去無幾。不，有時候在短時間內寫出來的文章品質反而比較好。這恐怕是因為平常處於休眠狀態的潛力，在為了達成「死守期限」任務的狀態下，被激發出來了吧。

設定死線訓練法

無論在寫任何文章，都請務必設定一個期限。

重點是設定的時間要比自認為「能夠在這之內寫完」的時間，再縮短百分之二十左右。假如覺得可以在一小時之內寫完，就設定為五十分鐘後；認為三十分鐘之內可以寫完的話，就設定為二十五分鐘後；認為十五分鐘之內可以寫完的話，就設定為十二分鐘後。

假設性的期限是沒有效果的，只有嚴格設定的期限才能算是死線，超過的話就等著受死吧（笑）。既然都已經設定好了，那麼無論如何都請死守期限吧。

如前所述，人類天生就有惰性，如果處在認為「一小時之內可以寫完」的階段，很多情況下都會在那一小時之內「慢吞吞地動作」，這就是「把時間縮短百分之二十」的理由。當然，如果你覺得自己可以承受更大的負荷，那就把目標設定得更嚴格，例如「縮短百分之三十」或「縮短百分之五十」等等。

縮短到死線為止的時間，將促使腦部高速運轉，朝著目標衝刺。反而言之，在沒有期限的情況下，腦部很難達到高速運轉的狀態，於是就會在沒有發揮自己潛力的情況下完成整篇文章。

此外，這個訓練法也可以應用在寫文章以外的所有情況。

- 將出門上班的時間縮短十分鐘
- 將確認郵件的時間縮短十五分鐘
- 將加班時間縮短三十分鐘
- 將商品的交貨期限提前一天

- 將達成目標的時間提早一個月
- 將實現夢想的期限提早一年

把期限提前一些，將會使行動力或作業處理能力出現驚人的成長。一旦體驗過這種效果，未來恐怕會情不自禁就想借用截止期限的力量吧。

在一開始進行訓練時，或許會有無論如何都趕不上期限的狀況，不過不需要感到心灰意冷，因為人都有「適應能力」，只要反覆挑戰就能逐漸增加如期完成的次數。「集中精神，振筆疾書！」的實感，想必將為你帶來強大的自信。

6

擴充詞庫
～近義詞聯想訓練法

在無限豐富的詞彙當中，作者會選用什麼樣的表現呢？選擇的過程將展現出一個人寫作的才華與天分。詞庫愈充足，對寫作愈有利。該使用哪一個詞彙？從無數個候選詞彙中挑選一個最適合的出來。在反覆挑選的過程中，逐步完成一篇文章。

舉例而言，形容在尖峰時間開往市中心的車廂，可以選用什麼樣的詞彙呢？

- 人擠人的車廂
- 水洩不通的車廂
- 擁擠不堪的車廂
- 人滿為患的車廂

- 動彈不得的車廂
- 擠進一大群人的車廂
- 擠得像沙丁魚一樣的車廂
- 擠到無法呼吸的車廂
- 推來擠去的車廂
- 塞滿人的車廂
- 比肩接踵的車廂
- 擠到快爆炸的車廂
- 搭乘率超過百分之兩百的車廂

以上只是隨便列舉出幾個例子而已。你或許會認為「選哪個詞都沒有太大的差別吧？」但實際上每個詞彙的意義或語感都不太一樣。正所謂「魔鬼藏在細節裡」，文章也是由「細微的差異」與「差異的累積」決定最後的成果。**當時的狀況、作者的感受、想要傳達的形象、寫作的目的……先考量過這些再選出最適合的語言，才能夠寫出打動人**

心的文章。

接下來請你想一想，自己身邊是否有「成熟穩重的人」呢？請問你會用什麼樣的詞彙來形容那個人呢？

- 成熟穩重的人
- 體貼的人
- 安靜的人
- 沉默的人
- 寡言的人
- 鎮定的人
- 陰沉的人
- 身段柔軟的人
- 沉穩的人
- 溫和的人

- 溫厚的人
- 柔軟的人
- 溫柔的人
- 有自己步調的人

和前例一樣，選擇不同的表現方式，就會給讀者帶來不同的印象。例如「沉默的人」與「有自己步調的人」，想像出來的人物形象應該也截然不同。

假如A是「成熟穩重的人」，B也是「成熟穩重的人」，那麼讀者將無法分辨A與B的差異。這樣的文章就是缺乏傳達力與表現力的文章，就算讀者歪著頭表示：「真是把我給搞糊塗了。」恐怕也是無可奈何的事。

① 突然之間，和也笑了出來。

在描寫「笑」的樣子時，很多人傾向於選擇①的表現方式。當然，這種表現方式本身並沒有什麼不好，但是當作者腦袋裡有好幾個選項時，選擇出來的「笑」和從頭到尾只知道一種「笑」的情況，兩者可說是天差地別。**為了提高文章構成的自由度，必須預先準備好豐富的詞庫，讓自己處於隨時都能自由「選擇」的狀態**。

那麼我們用①之外換句話說的方式，來表現看看「笑」的動作吧。

②　突然之間，和也的臉上綻放笑靨。

③　突然之間，和也露出白皙的牙齒。

④　突然之間，和也咧嘴一笑。

⑤　突然之間，和也露出滿臉笑容。

⑥　突然之間，和也嘴角上揚。

⑦　突然之間，和也笑了開來。

②到⑦都是用「笑」以外的詞彙來表現「笑」這個動作，有些人甚至會想出自己獨特的表現方式，例如「突然之間，和也的臉上染上幸福的色彩」或「突然之間，和也的嘴裡發出咯咯的歡笑聲」等等。當然，①到⑦各有一些微妙的語感差異，因此最後還是得由作者自行選出最理想的表現方式才行。

手中的王牌愈多，贏得牌局的機率愈高，寫作也不例外。請預先在手中準備好各種關鍵時刻可以發揮作用的表現方式吧。

近義詞聯想訓練法

「近義詞聯想訓練法」是一種有效增加詞庫的方法。所謂的近義詞，就是意思相近的詞彙（亦稱相似詞）。想到一個詞彙之後，逐一列舉出那個詞彙的近義詞。聯想出來的表現方式，無論是「刻板印象」或獨特的表現方式都無所謂。

【近義詞聯想訓練法　題目：「活潑的人」】

乾脆豪爽的人／活力十足的人／爽朗快活的人／開朗的人／外向的人／快樂的人／熱情大方的人／天真爛漫的人／無憂無慮的人／充滿活力的人／神采奕奕的人／有衝勁的人／朝氣十足的人／輕鬆快活的人／積極的人／鬥志激昂的人／豪邁的人／健康的人／樂天的人……

可以聯想到的詞彙還有很多吧。嚴格說來，「積極的人」或「樂天的人」並不等於「活潑的人」，但這種訓練方式只要語感相近就OK了，因為訓練的目的是增加思考的柔軟度，豐富表現的方式。請儘管懷抱著遊戲的心情去聯想吧，不需要評論聯想出來的近義詞是好是壞。把聯想出來的詞彙念出聲音或寫下來，也是有助於強化「長期記憶」的一石二鳥之計。

請再挑戰看看以下的題目吧。呼朋引伴一起進行，更能夠炒熱氣氛。

- 頭腦好的人➡聰明伶俐的人……
- 直率的想法➡真摯的想法……
- 美麗的女性➡亮麗的女性……
- 安靜的商店街➡悠閒的商店街……
- 超群的成績➡出色的成績……
- 勇敢的戰士➡強壯的戰士……
- 令人不快的事情➡令人煩躁的事情……

訓練結束後，確認一下近義詞，順便當作對答案吧。最近網路上有不少提供近義詞的網站，訓練後進一步查詢意思，相信有助於加強詞彙力。

另外，**如果你寫的文章屬於特定領域的話，我會建議你集中增加那個領域的詞彙**。舉例而言，假如是與服飾相關的宣傳，就加強聯想與「時尚」有關的近義詞，例如時髦、有型、別緻、優雅等等，相信對工作方面的寫作將大有助益。

當然，「讀書」也是一種增加詞彙量的有效方法。

雜誌或書籍都是詞彙的寶庫。在一本雜誌或書籍裡，會有許多「意思相同（相似）」的詞彙，但表現方式完全不同。只要多翻閱幾本相同領域的書，應該就能蒐集到一系列該領域的詞彙。

第2章
練出一手淺顯易懂的文章

7
結論愈明確，文章愈淺顯易懂
～決定標準訓練法

「讀了半天一直看不到結論，實在是看不下去了……」你曾經遇過這種讓人失去耐性的文章嗎？

一篇文章在讀者心想「所以結論是？」「這個人到底想說什麼？」時就出局了，更慘的情況可能是讓讀者耐性全失，決定「我再也不要讀這傢伙寫的文章了」。如果你是商業人士，恐怕還會給周圍的人留下「辦事不牢」的印象。

A方案的利潤率雖高，但成本也比較高。B方案的利潤率雖低，卻可以壓低成本。兩種方案各有優劣，所以難以抉擇。至於哪一種方案比較適合這一次的專案，我想需要再研究一下。

這篇文章本身並不差，這種比較孰優孰劣的猶豫掙扎，應該任誰都經歷過吧？話雖如此，如果每次寫出來的文章都這麼猶豫不決的話，閱讀文章的人肯定會痛苦得受不了，不耐煩地心想：「可不可以好好決定一個方案啊？」換作是你，難道不會有這樣的感覺嗎？

再說，為什麼寫不出結論呢？事實上……並不是寫不出結論，而是做不出結論。說得更明白一點，其實是「沒有在思考」。

或許有人會反駁說：「哪有，我有在思考啊，只是因為做不出結論，所以很困擾而已。」可是說來說去，那些遲遲無法做出結論的人，最後還是只能歸咎於他根本「沒在思考」。

舉例而言，當你去餐廳點餐時，如果一直煩惱著「那個也想吃，這個也想吃」的話，請問到最後你會說：「我還是無法決定，我不點了！」嗎？不會吧？萬一你真的無法當場決定的話，請問你能說你真的「思考過了」嗎？我可不這麼認為。

當然，我同意仔細調查蒐集到的資訊或比較多方資訊，是導出結論的重要過程，但如果最終不能做出結論的話，無異於是「作壁上觀」罷了。換句話說，就是一種「缺乏當事者意識的狀態」。

關於「思考」這件事，我們再深入探討一下吧。究竟人為什麼無法做出結論呢？那是因為沒有可以做出結論的量尺，也就是沒有選擇的標準。

- 選擇熱量低的餐點吧
- 選擇價格便宜的餐點吧
- 選擇營養價值高的餐點吧
- 選擇最受歡迎的餐點吧
- 今天吃日式（西式／中式等）料理吧

以上這些都是選擇的標準。

- 選擇其他人沒點的餐點
- 選擇以前沒吃過的餐點
- 故意選擇不想吃的餐點

雖然有一點假鬼假怪（笑），但這些也都是很好的選擇標準。

- 憑直覺……

這應該也是一種選擇標準吧。

姑且不論標準的種類，總之只要有事先預備一套標準，人就能夠做出結論。當然，我們面對的問題大部分都不像在餐廳點餐那麼單純，如果是動輒數千萬的商業案，恐怕也沒那麼容易就能在A或B中做出選擇吧。話雖如此，倘若沒有選擇的標準，永遠也導不出結論。有些人會說：「可是我就是不知道要怎麼設定選擇的標準啊……」這時，你必須做的第一件事情，就是先設定好標準。**只要標準設定完成，接下來就只需要使用那個標準進行判斷即可。**

如果同時擁有多項「標準」的話，就必須替那些標準排出「優先順序」。如果一個人的選擇標準有很明確的優先順序，當他被問到為什麼做出那樣的結論時，就能夠立即給予答覆，當然在寫作時也就能夠條理清晰地按照「結論➡理由」的順序下筆。

①　經過多方考量後，這次的專案決定採用利潤率較高的A方案。

②　經過多方考量後，這次的專案決定採用可以壓低成本的B方案。

與前文不同的是，①和②是有結論的文章。能夠寫出這樣的文章，就是擁有某些標準的證據。①的作者是以「利潤率」這項標準為最優先，②的作者是以「成本」這項標準為最優先。

我看了電影《〇〇》，有點有趣，又有點無聊（笑）。

對於鑑賞電影這樣的文章，究竟有多少人會想要閱讀「有點有趣，又有點無聊（笑）」這種心得呢？講得難聽一點，這段文字所反映出來的，難道不是作者在評論電影好壞方面根本缺乏自我意識，完全沒有可以作為判斷標準的「量尺」嗎？

我看了電影《〇〇》，其中動作戲使用了3D特效，讓我緊張得手都冒汗了，不過劇情不夠豐富又缺乏真實性，讓人很難對故事產生共鳴。

這篇文章刻意把對作品的評論細分化，一方面提出「動作戲＝緊張得手都冒汗了（＝有趣）」，另一方面則點出「劇情＝不夠豐富又缺乏真實性（＝無聊）」。比起前一篇文章，「有趣、無聊」的標準更加明確。當然，如果作者認為「電影最重要的就是動作戲」，那麼就寫成像後面③這樣的文章；如果認為「電影最重要的就是劇情」，那麼就寫成像④這樣的文章即可。

③ 我看了電影《〇〇》，其中動作戲使用了3D特效，讓我緊張得手都冒汗了，真是一部超級有趣的電影！

④ 我看了電影《〇〇》，劇情不夠豐富又缺乏真實性，讓人很難對故事產生共鳴，真是一部無聊的電影。

③與④的心得雖然完全相反，但可以確定的是，兩段文字都是根據作者的標準寫出來的文章，無論是否可以獲得讀者共鳴，至少比「有點有趣，又有點無聊（笑）」這種「不知所云的文章」好上許多不是嗎？

決定標準訓練法

日常生活中需要做出判斷的機會數也數不盡，舉例而言，我喜歡在咖啡店工作，因此我在選擇咖啡店時，幾乎都以「能不能久坐」作為選擇的標準。我選擇咖啡店時使用的標準，主要按照以下的優先順序排列：

①可以久坐
②隔出吸菸區
③環境不吵鬧
④咖啡好喝
⑤桌面寬敞
⑥氣氛輕鬆
⑦咖啡便宜

①的「可以久坐」對我來說是相當重要的標準，就算價格稍嫌昂貴、氣氛稍嫌沉悶、桌面稍嫌狹窄，只要看起來像是可以久坐的咖啡店，我就可以判斷說：「好，進去吧。」反之，當我判斷一家咖啡店「似乎無法久坐」時，除非逼不得已，否則我絕對不

會進去。

接下來換你來試試看，當你置身在以下的狀況時，請問你會使用什麼樣的標準導出結論呢？挑戰看看「決定標準訓練法」吧。

【決定標準訓練法　題目：「假如你要換工作，會根據什麼標準選擇公司呢？」】

公司的實績／公司的規模／公司的知名度／公司的發展性／公司的理念／事業內容／經營者或高階主管的魅力／與自己職涯設定的謀合度／薪水／加薪／升遷狀況／福利制度／休假制度／內部氣氛（公司風氣）／員工間的人際關係／周圍的評價／上班地點／是否需要調派外地／是否能做自己想做的工作／工作生活平衡……

除此之外，或許你還有自己特殊的標準。候補條件列舉再多都ＯＫ，列舉完標準之後，就開始排列優先順序吧。

優先順序①　是否能做自己想做的工作

優先順序② 薪水
優先順序③ 內部氣氛（公司風氣）

如果一間公司完全符合優先順序前三名的標準，那麼那間公司對你來說很有可能是理想的跳槽目標。我再強調一次，**最重要的是「先有標準」，沒有標準就不可能做出判斷，假如在沒有標準的狀態下做出判斷，那也是缺乏根據的判斷**。換句話說，就是「毫無想法」地決定跳槽目標，結果會與活用標準的跳槽迥然不同。這時最好有個心理準備，缺乏標準的判斷會帶來莫大的風險。

接下來挑戰看看這些題目吧，請按照「列舉候補標準→排列優先順序」的順序進行。

- 一個人去旅行的話，目的地要選擇哪裡呢？→世界遺產豐富的國家／可以觀看職業足球聯賽的國家……
- 如果要搬去日本以外的地方居住，要選擇搬去哪裡呢？→租稅天堂（租稅庇護所）的國家／年均氣溫二十度左右的國家／英語圈……

- 週末要安排打工的話，在哪裡打工比較理想呢？↓工作時間在五小時以內／不需要消耗體力的辦公室工作……
- 如果要尋找結婚對象的話，哪種人比較理想呢？↓外表整齊乾淨的人／年齡差距在五歲以內……

在列舉候補標準的過程中，不少人會開始意識到自己的價值觀，發現「原來我還有這樣的判斷標準啊」。

事實上，這種訓練法背後的目的，就是「認識自己」。反過來說，當一個人被問到：「一個人旅行要去哪？」能夠馬上回答：「當然是去法國啊！」表示那個人已經可以算是擁有自己一套判斷標準的人了。

除了有意識地進行訓練之外，當你在日常生活中碰到任何需要做出判斷或選擇的情況，請盡可能快速地進行「列舉候補選項↓排列優先順序↓做出結論」吧。當你把這樣的程序化為習慣後，就能夠寫出結論明確的文章了。

8 文章愈冗長，愈沒人想讀

～文章減半訓練法

愛怎麼寫就怎麼寫。

有些人的文章會出現這樣的「壞習慣」。

愛怎麼寫就怎麼寫的結果，往往會產出一篇冗長的文章。所謂的「冗長」，就是沒意義的內容又多又長，大多難以理解、無法為讀者所吸收。這種沒有意義的文章對讀者來說，只會顯得很「礙眼」而已，作者如果以為「大家應該會讀到最後吧」，那可就誤會大了。

「這個世界上沒有半個人想讀這篇文章。」

這絕非誇大其詞，寫作時就是必須建立如此嚴苛的前提。如果按照這個前提，「沒有半個人想讀」的話，動筆時就會站在「讀者本位」思考：如何才能吸引人閱讀這篇文章呢？當然也會注意到文章太冗長的「有害之處」。

我們應該把目標放在「冗長」的另一端，也就是簡潔無贅言的文章。

話雖如此，簡潔的文章並不是想寫就能輕易寫出來的，因為即使有這個意識，人還是會不自覺地添加不必要的內容，因此我要在這裡推薦的方法，就是先把文章全部寫完，再刪除不必要的部分。

我把這種方法命名為「熱情書寫，冷靜修改」。就像把原石研磨為寶石一樣，文章也可以經由研磨提高品質。

寫作時先一口氣寫完，不要太過在意細節，這就是所謂的「熱情書寫」；寫完後讓發燙的頭腦冷靜一下，再重新修改文章，這就是所謂的「冷靜修改」，而這個「冷靜修改」的動作，也包含「刪除」在內。

在隨著高度經濟成長逐漸發展出來的終身雇用與年功序列制瓦解已久的現在，我決定鼓起勇氣提出真心的建議：即使長期任職於一家公司，完全依賴公司維生仍是一件危險的事，因此為了預防萬一，必須擺脫名為依賴的「腳鐐」才行。現今社會上有許多人突然遭到公司資遣，無法二度就業，從此失去方向。對公司的依賴不僅會降低一個人本身的生命力，更會掩蓋住他潛藏的能力與未來的可能性。雖然社會上有各式各樣的意見，其中也不乏批判性的言論，但我還是抱持著這樣的想法。

應該沒有人看不懂這篇文章的意思吧？雖然理論本身沒有什麼破綻，但要說這篇文章淺顯易懂嗎？答案恐怕是否定的。雖然「多多少少」可以理解，但總覺得抓不到重點，整篇文章看來看去好像一個不會教書的老師，只會在黑板上照抄課文而已。

我們試著從這篇文章中刪去不必要的部分吧。

我必須鼓起勇氣提出建議：在終身雇用與年功序列制瓦解的現在，依賴公司生存是一件很危險的事，對公司的依賴不僅會降低一個人的生命力，還會掩蓋住他潛藏的能力與未來的可能性，因此為了預防萬一，也必須擺脫名為依賴的「腳鐐」才行。

文章縮短成原來的一半以下了。刪去不必要的部分，就會凸顯出你想傳達的訊息。而且對讀者來說，這樣的文章也比較淺顯易懂，所以豈止是一石二鳥，簡直是三鳥、四鳥了。

> 身兼專案A主管的鈴木部長，從去年年底開始就行程滿檔，無法排出時間前往泰國視察公司前些日子重新啟用的工廠，因此他充分利用隨身攜帶的平板電腦等工具，與當地作業員頻繁地透過電子郵件保持聯繫。

我們來「冷靜」地修改這篇文章吧。

> 鈴木部長由於行程滿檔，無法排出時間前往泰國視察公司的工廠，因此他頻繁地透過電子郵件與當地作業員保持聯繫。

從原文當中刪掉不必要的資訊，就會使修改過的文章變得更加淺顯易懂。**盡量省略**

與必須傳達的訊息較無關聯的資訊，就是「冷靜修改」的鐵則。

當然，如果覺得有哪個部分非得傳達不可的話，只要保留下來就ＯＫ了，例如「身兼專案Ａ主管」、「前些日子重新啟用」或「充分利用平板電腦」等等。哪些內容要刪除或保留，端視資訊的優先順序而定。

至於為什麼會寫出像原文那樣「冗長的文章」呢？那是因為「寫完就不管」的緣故。換句話說，就是「寫完以後沒有進行刪除無用資訊的作業」。「熱情書寫」固然重要，但「冷靜修改」的重要程度也有過之而無不及。

很多人即使已身為職業作家或寫手，還是會重新檢視自己寫完的文章，然後刪除不必要的資訊，因為他們從經驗上知道，一篇文章裡如果有不必要的資訊，就會增加閱讀的障礙，如此一來，不但會被不必要的資訊絆住，連重要的資訊也會遭到稀釋。

身為一個勉強堪稱職業作家的人，如果有人問我：「寫作最重要的是什麼？」我會將「刪除贅言的推敲作業」排入前三名。事實上，我花費在刪除贅言的心力幾乎等同於書寫，不，甚至是超越了書寫。

電影、戲劇、紀錄片或動畫影片也一樣，通常愈是有趣或精采的東西，投注在編輯上的心力也愈多，也就是剪輯得簡潔而不拖泥帶水。由此可見，不是只有冗長的文章不受待見。

文章減半訓練法

寫作這種行為，只是將資訊整理好並加以文字化的過程。只要充分整理好資訊，就能夠以淺顯易懂的方式將重要資訊傳達出去；反之，若疏於資訊整理，讀者將難以分辨哪些才是真正重要的資訊。

我想在此推薦的就是「文章減半訓練法」。當你看到某篇文章，就是展開訓練的好機會，請在腦中將那篇文章刪減掉一半左右的內容。

假如某個部落格上有這麼一篇文章：

平常很懶惰的我，前幾天穿著我在電視介紹的人氣商店買的心愛洋裝，前往以前上班時經常去的青山某家法式餐廳隔壁剛開幕的美甲沙龍。

把這篇文章刪減一半左右：

我前幾天穿著心愛的洋裝，前往位於青山的美甲沙龍。

原文是一篇六十一字的文章，修改後縮短成一半以下的二十四字。

要替別人寫的文章排定資訊的優先順序或許很困難，但練習時用自己的標準就ＯＫ了。請懷抱著「如果是我的話，會寫得如此簡潔！」的心態去刪減內容吧。

若你判斷「這篇文章感覺還缺少些什麼」或「好像可以再多添加一些資訊」的話，只要修改完後再添加必要的資訊即可。

我前幾天穿著我在電視介紹的人氣商店買的心愛洋裝，前往位於青山的美甲沙龍。

我前幾天穿著心愛的洋裝，前往青山某家剛開幕的美甲沙龍。

你可以保留「在電視介紹的人氣商店買的」，寫成像前者一樣的文章，也可以保留「青山某家剛開幕的」，寫成像後者一樣的文章。

整理房間時，假如條件是「必須丟掉房間裡一半的東西」，請問你會從什麼開始丟起？應該是從「不要的東西」開始丟起吧？沒有人會從「重要的東西」或「必要的東西」開始丟起。

「文章減半訓練法」也有同樣的效果。**藉由半強制性的資訊整理，留下「重要的東西」或「必要的東西」**。

房間裡的東西丟不掉，困擾的是自己，但如果不刪去文章裡不必要的資訊，卻會對讀者造成負擔或困擾。「文章是誰的東西？」我並不打算對你丟出這樣的大哉問，但可以確定的是，文章絕對不是只屬於「作者」的東西，至少有一半，不，可能一半以上都是屬於「讀者」的吧，總之絕對不是自己想寫什麼就寫什麼。

當然，實際上也可能會有只刪得掉三成、四成，甚至只刪得掉一成的情況（文章寫得愈簡潔，愈難刪減），不過重要的是試著去思考：「如果要刪減一半的內容，應該從哪裡開始刪起呢？」藉由思考這個問題的過程，即可磨練判斷資訊必要性的能力。

9 盡可能寫得具體一點

～「抽象↓具體」的代換訓練法

「盡可能寫得具體一點」。光是這樣就能提高寫作力，因為「語言」本身就是「抽象」的，也就是「曖昧不明」的。

愛、友情、青春、療癒、哲學、溫柔、憎恨、有機的、應用、人生、夢、智慧、欲望、同情、喜悅、健康、信念、信賴、確信、認真、努力、謊言、教育、使命、原諒、羞恥、希望、成長、接受、墮落、喜悅、期待、壓力、幸福……

如果讓一百個人寫下這些詞彙的解說，恐怕可以讀到一百種不同的版本吧。

雖然乍看之下，語言好像建立在「共同認知」上，但很遺憾的是，大部分語言都建立在「自我解釋」上。

比方說，「負責任」是什麼意思呢？對A來說是「低頭道歉」，對B來說是「辭去○○」，對C來說是「賠錢了事」……類似的例子隨處可見。

那麼我們經常使用的「愛」呢？遺憾的是，光憑「愛」這個字並不能完整傳達出作者認知的意思，因為作者所認為的「愛」，與讀者所認為的「愛」並不一樣。有的人會寫：「愛就是無論面臨任何困境都能守護對方的自我犧牲精神。」也有人會寫：「愛就是一種故意傷害對方，讓他獲得人生教訓的手段。」唯有當你具體寫下什麼是「愛」，才能向讀者傳達「你所認知的愛的意思」。

要寫出一篇「淺顯易懂的文章」，第一步就是將語言具體化。如果不將語言具體化，就無法填補作者與讀者之間的鴻溝。倘若你希望讀者能夠「用心體察」，最好先捨棄那種作者本位的心態吧。

① 大寶是個非常會念書的孩子。

② 大寶是個非常會念書的孩子，他在全國模擬考中連續三年考進前十名。

閱讀①與②的句子時，應該是②比較容易理解吧？因為①的「非常」是「抽象的」，而②的「在全國模擬考中連續三年考進前十名」則是「具體的」。

寫作太過抽象的人，有可能事倍功半卻連自己都不知道。為什麼呢？因為文字太過抽象的話，讀者不容易理解。事實上，當你聽到「非常會念書的孩子」時，你應該沒辦法很明確地想像他的頭腦有多好吧？反觀「在全國模擬考中連續三年考進前十名」，卻是很容易理解的文章，一看到就能具體想像他是一個「聰明絕頂」的孩子，絲毫沒有自我解釋的空間。

村田股長：

關於明天的會議，因為參加者會稍微增加一些，所以請你多影印幾份資料。另外，佐藤董事的行程似乎很緊迫，所以明天的會議就比平常提早結束吧。會議的進行就麻煩你掌控了。

村田股長如果從上司那裡收到這樣的信，是不是會滿腦子疑惑地心想，稍微增加一些是增加多少？多影印幾份資料是影印幾份？比平常提早結束是提早多久？如果像這樣在工作往來信件中使用「稍微」、「多」、「提早」等抽象詞彙，將會給對方帶來負擔。當然，造成疏失或混亂的可能性也就會提高。

那麼如果是以下這種具體的文章又如何呢？

村田股長：

關於明天的會議，因為參加者會增加五人，所以請你影印十二份企畫資料。另外，佐藤董事的行程似乎很緊迫，所以明天的會議就在下午三點半以前結束吧。會議的進行就麻煩你掌控了。

如果是這種清楚寫明「五人」、「十二份」、「下午三點半」等具體細節的文章，村田股長就不會感到困擾了，除了知道按照參加人數（十二人）影印資料外，還確切地掌握了會議必須結束的時間，因此也可以事先規畫好會議進行的時間分配。

如果部下做事能夠萬無一失，上司當然也就能夠互蒙其惠。能夠寫出具體文章的人，不僅不會對周圍的人造成負擔，還能夠得到自己所期望的最佳結果。

抽象的文章：A公司委託敝公司經營的網站，點擊數急速竄升，聽說顧客數量也有爆炸性的成長。

具體的文章：A公司委託敝公司經營網站半年以來，點擊數從每月平均三千瀏覽頁數竄升到三萬，顧客數量也從平均一天一百人增加到原來的三倍。

抽象的文章：距離多數通過還差幾票。

具體的文章：距離多數通過還差十五票。

抽象的文章：我每天都有充足的睡眠時間。

具體的文章：我每天都有充足的七小時睡眠時間。

抽象的文章：從車站到展覽會場有一小段距離。
具體的文章：從車站到展覽會場大約兩公里，走路需要花二十五分鐘。

抽象的文章：目標群設定在年輕、積極的女性。
具體的文章：目標群設定在對工作、嗜好、戀愛都充滿欲望的二十幾歲女性。

抽象的文章：我需要一點時間讓業績恢復到原來的水平。
具體的文章：我至少需要半年的時間讓業績恢復到原來的水平。

抽象的文章：希望能夠儘早收到原稿。
具體的文章：希望能在下週四（十一日）中午以前收到原稿。

每一組例句都是後者（具體的文章）比較清楚明瞭對吧？這種「容易理解」的特性，就是把文字具體化的好處。

容我再次強調本文一開始的那句話：**「盡可能寫得具體一點」**。

如欲寫出一手好文章，這一點是絕對必須掌握的寫作基礎。

「抽象→具體」的代換訓練法

想要寫出具體的文章，平常在寫作時就必須盡量避免使用抽象的詞彙。「抽象的詞彙」幾乎無異於「模稜兩可的詞彙」。

【抽象詞彙範例】

暫時／滿／相當／頗／非常／某種程度／意外／超級／格外／很／尤其／特別／一大堆／大部分／大多／許多／大量／充分／滿滿地／異常地／極端／極度／分外／額外／太過／驚人地／甚／有夠／實在／出奇地／大為／有時／不太／偶爾／不久／頻繁地／經常／極其／多少／稍微／有點／顯著／一點／大約／愈來愈／就那樣

／普普通通／差不多／挺／無比／明顯地／迅速地／快速地／某種程度／適當地／適度地／普通地／慢慢地／糟糕……

想要練習避免使用抽象詞彙，一個有效的辦法就是「『抽象↓具體』的代換訓練法」。最理想的狀態是在脫口而出之前完成代換，但平常交談也有可能會不由自主地說出抽象的詞彙吧？如果遇到那種情況，不妨在說出抽象的詞彙後，馬上補充具體的詞彙。

舉例而言，當你在說出「加班？大概還要再一下子吧」的瞬間，心想「啊，好像可以再說得具體一點」，那麼就趕緊補充一句「我想大約再一個小時就可以完成了」。

當說出「人數驚人地多」時，只要趕緊補充一句「現場好像聚集超過一千名狂熱的粉絲」就OK了。

此外，**在「具體的詞彙」當中，特別需要注意的，就是「數字」與「專有名詞」**。「數字」與「專有名詞」說起來其實就是具體的極致，當你碰到好像可以代換的情況時，請積極地說出口吧。

- 「我跟中村好像有一段時間沒見面了。」↓（補充）「應該有五年以上了吧。」
- 「他長得真的超級帥的。」↓（補充）「就像演員佐藤健那一型的。」
- 「他偶爾會打電話來喔。」↓（補充）「每年兩、三次，當他想起來的時候。」
- 「雪梨比想像中還熱。」↓（補充）「連續幾天都超過三十度吧。」
- 「那顆橘子超級大的，大到嚇死我了。」↓（補充）「第一眼看到時，我還以為是一顆橘色的香瓜呢。」
- 「打工？時數算多的吧。」↓（補充）「因為我一週會去三次。」
- 「他讓我等滿久的。」↓（補充）「剛好一小時左右吧。」
- 「那炒飯的份量真不是普通地多。」↓（補充）「我想應該有三碗飯堆起來那麼多吧。」

這個訓練法一旦養成習慣，講話時具體的用詞會愈來愈多，模稜兩可的用詞愈來愈少。換句話說，大腦會自然而然地產生「使用具體的詞彙」的意識。

當然，寫作不需要像交談那樣慌張，每當注意到抽象的詞彙時，只要立刻代換成具體的詞彙，或是將「抽象的詞彙＋具體的詞彙」一起寫就ＯＫ了。

尤其是在講求效率與簡潔明瞭的職場上，抽象的詞彙往往令人避之唯恐不及，因為那很容易造成失誤、誤解或麻煩。作為社會人士，如果想要贏取旁人的信賴或好評，請努力成為一個「可以用具體詞彙書寫的人＝文章簡單易懂的人」吧。

10 注意與讀者之間的共同認知
～拆解訓練法

前一節提到「語言的解讀因人而異」。
這一節則將進一步探討「模稜兩可的文章」與「定義不清的專門用語」的「拆解方法」。

① 我想在值得信賴的公司上班。

這句話裡的「值得信賴」是什麼意思呢？這顯然是個語意不清、模稜兩可的用詞，看在不同讀者眼裡，恐怕也會接收到不同的印象。說來說去，世界上本來就沒有人會想刻意去「不值得信賴」的公司上班吧？「想在值得信賴的公司上班」這種表現方式太理所當然，不能算是一項有用的資訊。如果想要正確傳達意思，必須把「值得信賴」這個用詞加以拆解才行。

②我想在會設身處地為員工生活著想的公司上班。

③我想在受顧客喜愛的公司上班。

④我想在創業十年以上的公司上班。

⑤我想在知名度高的公司上班。

⑥我想在近五年來持續獲利的公司上班。

②～⑥全都是把①使用的「值得信賴」這個詞彙拆解後的表現方式，顯然比①容易

理解多了，因為改掉了模稜兩可的用詞。

當然，②的「設身處地為員工生活著想」、③的「受顧客喜愛」或⑤的「知名度高」等，要說模稜兩可也是挺模稜兩可的，設身處地？受喜愛？知名度高？真要追究起來恐怕沒完沒了。

因此，**要拆解到何種程度，必須配合文章的目的或讀者群的認知水平，由作者自行判斷才行。**

⑦ 我們來 brush up 這份企畫吧。

⑧ 我們來改善這份企畫吧。

⑦的「brush up」拆解後就會得到⑧。對於不知道「brush up」是什麼意思或誤解其意思的人來說，⑦是無法理解的句子，換句話說就是寫出了讀者看不懂的文章。

Assign、Issue、Entrepreneur、Commodity、Method、Phase、Evidence、

Conversion、Matter、Solution、Evangelist、Persona、Drastic、Synergy、Authorize、Agenda、Decision、Buffer、Summary、Priority、Alternative、Insight……世界上有許多難以理解的專門用語或商業用語。

這些用語究竟能不能夠為讀者所理解呢？換言之，這些用語能夠獲得共同認知到什麼程度呢？下筆前必須審慎思考這個問題才行。

舉例而言，職場上經常使用到「Commitment」這個詞，就同時擁有多種意思，能夠完全理解所有意思的人應該寥寥無幾。

- 兩週內簽下三件合約，這是我的 Commitment。↓兩週內簽下三件合約，這是我的諾言。
- 我取得了對方說要訂兩百卷的 Commitment。↓我取得了對方說要訂兩百卷的保證。
- 敝公司將思考如何與人口流失地區建立 Commitment。↓敝公司將思考如何與人口流失地區建立更深入的連結。

如果是後者的「拆解後表現」，即使是不知道「Commitment」意思的人，也能夠輕易理解。**寫作時能夠意識到與讀者之間的「共同認知」，就是有能力寫出淺顯易懂的文章的人。**

拆解訓練法

如果要使用專門用語或商業用語，下筆的人當然必須理解該用語的正確意思。在這樣的前提下，假如有能力換句話說而不使用該用語，就能夠寫出更淺顯易懂的文章。

以「Potential」這個詞為例，最理想的情況是，在理解「Potential＝潛在的能力」的前提下，寫出「所謂的Potential就是一個人所擁有可以發揮的力量」。能夠拆解語言的人，就能夠用淺顯易懂的方式向任何人說明各種事物。

關於鍛鍊「說明力」的方法，我想在此推薦的是「拆解訓練法」。訓練的方式很簡單，比方說要說明「海」的話，就不要使用到「海」這個字，要說明「河川」的話，就不要使用到「河川」這個字即可。以下是「拆解」的範例：

- 海：填滿地球上約七成低窪地區的鹽水。
- 河川：從山區劃過大地流入海裡的水流。
- 桌子：寫字、讀書、用電腦或吃飯時使用的有腳平台。
- 田地：種植稻米的戶外空間，要用水灌溉。
- 雲霄飛車：設置在遊樂園等地方電動列車型的遊樂器材。在有劇烈起伏、急轉彎或一百八十度旋轉等軌道上高速運行。
- 吃：把食物放進嘴裡咬完之後，經由喉嚨吞進胃裡的行為。
- 睡：一般情況下，在夜間閉目橫躺的行為，過程中會處於失去意識的狀態。

只要避免使用指涉其本身的那個字，就可以慢慢鍛鍊出拆解事物的肌肉。「拆解力」即等同於「簡單說明的能力」。拆解時的重點是，有時使用像「劃過大地」這種視覺型的表現，有時使用像「咬完之後，經由喉嚨吞進胃裡……」這種有先後順序的表現，同時還要說明得連國中生都能明白。一旦培養出隨心所欲拆解的能力，即可大幅增進說明力。

不必解說得跟字典一模一樣，**重要的是用自己的頭腦思考，用自己的語言拆解**。當然，如果只是要確認的話，使用字典是ＯＫ的。

題目俯拾即是，車站、便利商店、紅綠燈、腳踏車、人行天橋、隧道、藥局、夕陽、走路、責罵、投擲、敲打……要找到無法拆解的語言，反而還比較困難呢。這種訓練法很適合用在上下班或上學途中打發時間。

11 明確傳達事情或訊息
~比較&範圍訓練法

今天的最高氣溫是十八度。

很多人會心想「看來今天有一點涼」吧？不過如果昨天的最高氣溫是十二度的話，你會怎麼想呢？你是不是會覺得「今天溫暖多了」呢？也就是說，光憑十八度的氣溫並不能斷言「熱」或「冷」，唯有可以比較的對象，才能夠寫出是「熱的」、「溫暖的」或「冷的」、「涼的」。

反之，倘若沒有比較對象的話，十八度就只是十八度而已，當中不包含「熱」或「冷」等資訊。換言之，對於氣溫的判斷是「相對的」而不是「絕對的」。

請問職棒投手投球的速度，一四〇公里算「快」的嗎？還是算「慢」的呢？這也跟氣溫一樣無法光憑數字斷言。如果以平均球速一四五公里左右的投手來說，應該可以說是「慢」的，如果以平均球速一三五公里左右的投手來說，應該可以說是「快」的吧？球速也是「相對」而非「絕對」的資訊。

這個道理可以適用在所有事物上，個性「開朗或陰沉」、景氣「好或壞」、成績「高或低」、「有沒有」幹勁、「有沒有」錢……判斷的標準究竟在哪裡呢？

沒錯，根本就沒有什麼判斷的標準。因此，如果沒有比較對象的話，大部分的事情都是無法評斷的。

① 敝公司今年的業績很好。

② 敝公司今年的業績比創業以來業績最差的去年好。

比起沒有提出比較對象的①，有提出比較對象（＝創業以來業績最差的去年）的②，是比較平易近人的文章。事實上，多少可以傳達出「業績並沒有那麼好」的感覺。①所謂的好究竟有多「好」，由於全憑讀者自行想像，因此很容易招致誤解。

③ 回數票比較划算。

④ 回數票比年票划算。

光看③其實無法感受到究竟有多「划算」，而明確提出比較對象的④，則可以說是對讀者來說比較平易近人的文章。

⑤ 我喜歡日本料理。

⑥ 比起中華料理，我更喜歡日本料理。

在⑤的情況下，你無法避免讀者有可能解讀為「你最喜歡日本料理」，反觀⑥的描述則可以理解為你不是「最喜歡日本料理」，而是「比中華料理還喜歡」的意思。

想要把事物傳達得淺顯易懂，除了提出比較的對象，還有一個方法就是「提出範圍」。

⑦　敝公司今年的業績很好。

⑧　敝公司今年的業績在服裝業界算是很好的。

相較於⑦的句子，⑧提出了「在服裝業界」這個範圍，讓人更明確且更容易理解業績究竟好到什麼程度。

⑨　他的能力還有待加強。

⑩　以專業人士來說，他的能力還有待加強。

⑨與⑩的句子讀起來應該會給人相當不同的印象吧？⑨的「他」感覺像是「一般人水準」，⑩的「他」感覺像是「專業但還不到精通」，對吧？如果他的能力真的是「專業但還不到精通」的話，⑨的這種描述方式說不定會讓讀者誤解。像⑩這樣提出「以專業人士來說」的範圍，能讓人更明確了解他的能力水平。

⑪ 鈴木深受好評。

⑫ 鈴木是個深受好評的創作者。

⑪可以解讀為對鈴木這個人的全面性評價，⑫的句子則以「創作者」一詞限定評價的範圍。除了創作者的資質之外，其他部分都不在評價的範圍之內，當然，也不是對他這個人的全面性評價。

⑬ 留學溫哥華是最好的選擇。

⑭　如果想要學習英語，留學溫哥華是最好的選擇。

從⑬的句子裡看不出留學溫哥華的好處，但如果像⑭這樣限定「想要學習英語」的範圍，就能看出「留學溫哥華」的好處。

如果你認為任何事情或訊息「只要那樣」就可以傳達的話，那可就大錯特錯了。如前所述，因為大部分的事物都是「相對的」，若忽視事物的相對性，不提出比較的對象或範圍，不僅無法傳達出去，甚至有可能反遭誤解。想要對讀者「明確傳達事情或訊息」時，不妨多加運用「比較」或「範圍」吧。

比較&範圍訓練法

要在文章中提出「比較」或「範圍」，平常就必須養成用「比較」或「範圍」思考事物的習慣。當腦海中浮現某件事或某項訊息時，先問問自己下面這兩個問題，接著舉出具體實例來回答問題，就是「比較&範圍訓練法」。

【問題①】跟什麼比起來很○○呢？（比較）

【問題②】在什麼範圍內很○○呢？（範圍）

- 保全的打工很辛苦

比較：跟哪一種打工比起來很辛苦呢？↓跟居酒屋的打工比起來

範圍：在哪種範圍內很辛苦呢？↓體力上很辛苦

- 日本的治安很好

比較：跟哪個國家或地區比起來治安很好呢？↓跟美國洛杉磯比起來

範圍：在哪種範圍內治安很好呢？↓即使女性晚上獨自搭乘地鐵，遭遇犯罪事件的危險性也很低

- 健康很重要

比較：跟什麼比起來很重要呢？↓跟金錢比起來

範圍：在哪種範圍內很重要呢？↓在工作上能發揮最佳表現的前提下

- 最好多花點心思在數學上

比較：跟什麼科目比起來，最好多花點心思呢？↓跟社會比起來

範圍：在什麼範圍內，最好多花點心思呢？↓如果想要成為太空人的話

- 發揮想像力是很重要的

比較：跟什麼事情比起來，發揮想像力是很重要的呢？↓跟「閱讀小說」比起來

範圍：在什麼範圍內很重要呢？↓如果想要成為小說家的話

當然，「比較」或「範圍」並不是「只要提出來就夠了」。例如以下這個句子：「如

果想要成為太空人的話，比起英語，最好多花點心思在數學上。」從脈絡上並不能感覺到有說服力，為什麼呢？因為想要成為太空人的話，「英語」當然也很重要。當用來「比較」的對象或「範圍」的重點偏移的話，文章反而會變得難以理解。

此外，當你習慣「比較&範圍訓練法」以後，不妨在與人交談時，積極提出比較或範圍吧。如果能夠提出最適當的比較或範圍，你應該會聽到交談的對象說出「是喔」、「就是說啊！」或「沒錯！」等更正面的回應。

反之，當對方說出「蛤？」「什麼意思？」或是露出疑惑不解的表情時，代表比較或範圍有可能不太恰當。仔細觀察對方的表情或反應，試著提高「比較」或「範圍」的準確度吧。

第3章
練出一手有說服力的文章

12 防止資訊的遺漏

～五W三H訓練法

「太郎去花店買花。請問，是什麼呢？」

這是多年以前，日本搞笑團體DOWNTOWN在搞笑橋段中說過的一句話。

小松（松本人志）若無其事地說完後，他的搭檔小濱（濱田雅功）吐槽說：「什麼是什麼啊！」因為這只是個搞笑橋段，所以無傷大雅，但如果真的有人一臉認真地問出這種問題，應該會讓人不知所措吧……。

這句話會被吐槽「什麼是什麼啊！」的原因，在於說話的人遺漏掉「五W三H」。所謂的「五W三H」，就是把資訊淺顯易懂傳達出去的基本要素。

When：何時、何時為止（期限、期間、時期、日程、時間）

Where：在哪裡、去哪裡、從哪裡（場所）

Who：誰、對誰（主體、對象、負責人、角色）

What：什麼事、什麼東西（目的、目標、事情）

Why：為什麼（目的、理由、根據、原因）

How：如何（方法、手段、程序）

How many：多少（程度、數量）

How much：多少錢（價格、費用）

如果小松確實地提供五W三H的話，至少他的問題應該能夠成立才對。

- 提供 When →「請問，他是什麼時候買的呢？」
- 提供 What →「請問，他買了什麼花呢？」
- 提供 Why →「請問，他為什麼買花呢？」
- 提供 How many →「請問，他買了多少花呢？」

• 提供 How much ↓「請問，他花了多少錢買花呢？」

遺漏五W三H很有可能對文章的作者造成致命傷，因為讀者不在面前，無法像當面交談時那樣直接吐槽說：「什麼是什麼啊！」換言之，作者有可能在自己不知道的情況下，被讀者認為「這個人在胡說八道什麼啊……」進而直接遭到忽視。

如果只是忽視的話還好一點，有時候萬一招致誤解或麻煩，恐怕還會使作者的信用下滑，**尤其每一次在寫工作上的文章時，應該提供五W三H中的哪些資訊，都必須經過充分考量才行**。

當讀者讀到遺漏五W三H的文章時，可能會出現下列這些反應：

• 我想買這張傳單上的菜刀，但不知道價錢↓遺漏 How much
• 我想去這家聽說很受歡迎的店，但不知道地點在哪裡↓遺漏 Where
• 我想承攬這份工作，但不知道交期是什麼時候↓遺漏 When
• 我知道今天的演唱會取消了，但不知道為什麼是「取消」而不是「延期」↓遺漏

Why

- 我知道材料跟分量，但不知道最重要的作法→遺漏How

唯有一點可以斷言的是，一旦你把「不知道」的責任推給讀者，你的文章就永遠寫不好！讀者之所以沒有接收到訊息，全都是因為作者沒有寫得讓讀者明白。訊息沒有傳遞出去，百分之百是作者的責任，而接受這個前提，就是提高寫作力的第一步。

> 木村部長，辛苦了，很遺憾沒有獲得採用。

工作繁忙的木村部長讀完這封郵件以後，心情變得更加煩躁了。「他在說哪件案子啊！」這封郵件幾乎遺漏掉全部的五W三H。

When：今天上午

Where：A公司

Who：自己／A公司的井上社長

What：共同宣傳企畫未獲採用一事

Why：商品定位不同

How：進行簡報

How many：反應不錯（對企畫內容的評價很高）

How much：不適用

木村部長，辛苦了，我今天上午在A公司進行了「共同宣傳企畫」的簡報，結果並未獲得採用。企畫內容雖然得到很高的評價，但井上社長說「商品定位不同」，所以未獲採用。

如果是這封包含五W三H的郵件的話，木村部長不但能夠一目瞭然，還能夠立刻指示下面的人應該採取什麼對策。

寫任何文章都必須意識到五W三H，假如遺漏掉必要的五W三H，很有可能招致令人不樂見的悲劇，例如難得有用的資訊卻遭到曲解，難得精采的故事卻無法令人產生共鳴，難得好用的商品卻沒有人購買……讀者被迫閱讀一篇莫名其妙的文章是件不幸的事，但花費時間與精力卻無法傳達任何訊息的作者同樣不幸。

五W三H訓練法

等到進入書寫階段才意識到五W三H的話就太遲了。五W三H的資訊，用煮菜來比喻的話，就好像「食材」一樣，所以理所當然地，在動筆之前就必須蒐集完畢才行。對於蒐集資訊沒有自信的人，不妨透過「五W三H訓練法」來鍛鍊你的資訊蒐集力吧。

在一天結束的時刻，上床睡覺之前，回想當天發生哪些令你印象深刻的事。想起來以後，把詳細內容套用到五W三H當中。三H的部分可能會有「不適用」的情況，但五W應該不太可能會有「不適用」的情況才對，請保持耐心仔細回想一下吧。

- 跟女朋友去約會

When：今天
Where：ＵＳＪ（日本環球影城）
Who：自己／山崎紗理奈（女朋友）
What：約會
Why：因為她是哈利波特的粉絲
How：開車一小時（交通方式）
How many：從開園到關園為止（約會的時間）／三次（搭乘「哈利波特禁忌之旅」的次數）
How much：兩人約三萬日圓*（約會的消費）

- 去工廠視察

When：今天
Where：位於山梨縣富士吉田市的寶特瓶工廠

Who：自己／部下齊藤

What：視察礦泉水的生產線

Why：鎖定無效率部分與加強品檢體制（目的）

How：親自確認從採水到品檢為止的所有工程

How many：下午一點～四點共三小時（視察時間）／強（視察的費力程度）／二十萬瓶（五〇〇毫升礦泉水的每日平均生產量）／雙重檢驗（品檢）

How much：五〇〇毫升礦泉水每瓶原價二十五日圓**

逐漸習慣以後，資訊的盤點速度就會愈來愈快。如果你寫的文章是屬於某些專門領域，也可以用專門領域的題目進行訓練，而非「當天發生印象深刻的事」，這樣的訓練應該比較實用吧。

另外，如果白天比晚上更方便做訓練的人，以當天預定行程中的重要事項進行五W三H的盤點也OK，一方面就當作順便確認行程，不失為一個一石二鳥之計。

---

*相當於台幣八千三百元。

**約台幣七元。

13 獲得讀者的共鳴或贊同

~目的&目標訓練法

「目的」與「目標」的差異何在呢？

「目的」是「渴望成就的事情、行動的方向」，「目標」則是「為了達成目的而設於途中的標的」。假如目的是「度過充實的人生」，即可設定下列目標：

- 身體健康
- 擁有幸福的家庭生活
- 積極結交可以隨時商量煩惱的朋友
- 努力工作
- 享受個人興趣

- 為夢想而努力
- 對人或社會有所貢獻
- 笑口常開

如果在這些目標的達成上有所懈怠，就有可能無法達成目的；反之，如果所有的目標都能達成的話，那麼八成也已經達成「度過充實的人生」的目的了吧。

「治好疾病」是目的，「每天早上散步五公里」、「避免攝取含有添加物的食品」等則是目標；「對社會貢獻一己之力」是目的，「每天早上在車站前的圓環進行清掃工作」或「每週固定一天前往老人院當義工」等則是目標；「登上甲子園」是目的，「完成全日本最多的守備練習」或「每天練習揮棒一千次」等則是目標。目的只有一個，目標卻可以想出很多個。

目的與目標並非完全不同，而是會互相影響。「目的」有可能是別的目的的「目標」。「目的」與「目標」的關係就像俄羅斯娃娃一樣。

這種「目的」與「目標」的道理，也可以適用在寫作上。假設今天要寫一篇文章，目的是「讓讀者知道盲目相信常識有多恐怖」的話，我們可以設定什麼樣的目標呢？

目標① 提出「應該對常識抱持更多懷疑」這項主張的根據

目標② 提出「從前的常識」變成「今日的非常識」的實例

試著以目標①與②為標的寫一篇文章。

我們是否應該對常識抱持更多的懷疑呢？因為許多常識都是時代造就的誤解、毫無根據的偏見，或是媒體等握有話語權者強行灌輸的觀念。

比方說昭和時代就有這樣的常識：「運動中不能喝水」，人們真心相信「運動中喝水會精疲力盡」，當時也有不少人因為中暑而斃命。如今想想，恐怕沒有比這更荒唐的理論了。

說到荒唐，香菸也是其中一例。昭和時代的成人，無論在醫院、學校教職員室、電車或飛機上，都能若無其事地抽菸。當然，他們也根本不在乎周遭是否有病人、嬰兒或是孕婦。幾乎沒有人會抱怨那些抽菸的人。

沒錯，常識是隨時代改變的。

那麼我們現在相信的常識又如何呢？我們能夠篤定地說，那些常識在三十年後、五十年後依然是常識嗎？也許與現在常識完全相反的觀念，到時候反而成為常識也不一定。

雖然有點從反方向去思考，但那些「懷疑常識的人」或許才是真正有常識的人也不一定。

第一行的「因為許多常識……」是目標①（根據），第三行的「比方說昭和時代」到第八行為止是目標②（實例），至此已達成大致的目標。如果有愈多人在讀完這篇文章後心想：「原來如此，那我也該多少對常識抱持懷疑的態度。」那就表示這篇文章已經達成目的了。

接下來，如果要寫一篇以啟發疾病預防觀念為目的的文章，我們可以設定什麼樣的目標呢？

目標① 提出日本醫療費用增加的資料
目標② 提及國民無法負擔龐大醫療費用的問題
目標③ 提出從根本開始解決問題的方法（預防的重要性）

試著寫一篇以目標①～③為標的的文章。

一九八〇年度十．五兆日圓*的醫療費用，在二〇一三年度上漲至三十九．三兆日圓**，漲幅將近四倍之多。長此以往，二〇二五年度的醫療費用預計將超過五十兆日圓***。無論醫療進步到何種程度，病人仍然持續增加當中。儘管可悲，卻是不爭的現實。這難道不是一個很嚴重的問題嗎？

今後高齡化將日益嚴重，究竟誰能夠來支付這龐大的醫療費用呢？有醫療保險就能放心了嗎？當然不是這樣的。保險的財源也必須仰賴國民，也就是說如果醫療費用繼續增加下去，未來的我們勢必得過著為了支付醫療費用而日以繼夜工作的日子。

我認為一個沒有任何具體對策的國家實在不可能解決這個問題，我想我們現在必須做到的應該是「換個角度思考」吧。

我們必須探索的出路應該是「減少病人的數量！」，想出一套不必使用醫療費用的方法，而不是思考醫療費用該由誰支付。為此，我們必須投注心力在「疾病的預防」而非「疾病的治療」上。當然，只要病人減少了，國民的幸福自然會有所改善。

我們不應該把目光的焦點擺在「龐大的醫療費用是不正常的」這件事情上，而應該擺在「到處都是病人的國家才是不正常的」這項根本課題上。無論是國民或政治家，都應該先從這個角度開始切入才對。

第一行的「一九八〇年度十．五兆日圓……」是目標①（資料），第五行的「今後高

＊約二．八兆台幣。
＊＊約十．七九兆台幣。
＊＊＊約十三．七二兆台幣。

齡化將日益嚴重……」到第七行為止是目標②（國民無法負擔醫療費用），第十行的「我們應該探索的……」到最後是目標③（從根本開始解決問題的方法）。

如果很多人讀完這篇文章以後，覺得「疾病的預防的確比什麼都重要啊！」，這篇文章就可以說是達成目的了。反之，如果很多讀者無法產生共鳴或無法贊同的話，就可以懷疑是不是目標設定錯誤，或沒能按照目標寫出理想文章等原因所致。

這個世界上沒有任何一篇文章是沒有目的的。寫作的時候，請想一想什麼樣的目標才能達到那篇文章的目的吧。只要設定的目標適當，而且按照目標書寫的話，你的文章肯定能夠如你所期望地抓住讀者的心吧。

目的&目標訓練法

想要有正確掌握目的與目標的感覺，一個有效的方法就是「目的&目標訓練法」。當你要採取任何行動時，先設定明確的「目的」，再從目的往回推，設定出最合適的「目標」。原則就是按照「目的↓目標」的順序去思考。

- 目的：向女朋友求婚，讓她欣然允諾
  目標① 在她生日那天求婚
  目標② 購買求婚用的戒指
  目標③ 決定求婚地點
  目標④ 準備求婚台詞

一輩子只有一次的大舞台，果然還是要建立萬全的計畫，成功率才會比較高吧。一邊欣賞美麗的夜景……說不定光是在那樣的情況下求婚，得到首肯的機率也會比較高呢。

- 目的：購買全新別墅
  目標① 翻閱房屋雜誌
  目標② 構想房屋的格局
  目標③ 建立資金計畫

目標④　參觀展示屋
目標⑤　挑選建商或不動產業者

幾乎沒有人會在衝動之下購買一幢全新的別墅。從這層意義上來說，這應該可以說是一個目標重要性很高的目的吧？設定目標的方式太糟糕的話（例如資金計畫不夠完善），有可能會在某個環節遭遇嚴重的失敗。

「目的&目標訓練法」是一套大有助益的訓練法，**不僅可以提高寫作力，還能同時提高一個人的計畫力、前瞻力、行動力或迴避危機能力等等**。每天早上醒來時，先從當天一整天的行程中選出特別重要的目的，再設定達成目的的必要目標，也是一種不錯的方法。

當無法如預期達成目的，或達成目的的速度很緩慢時，不妨仔細思考原因出在哪裡，有可能是設定目標的方法不夠好，或是行動的方法不對等等，下次訓練就知道如何改進。只要能夠設定合適的目標，並且養成達到目標的能力，別說是寫作力了，整個人的綜合能力都會有所提升。

14

資訊不足會讓讀者感覺少了些什麼

～訊息＋理由訓練法

「爸爸，我不想再去上大學的課了。」

假如有一天，你的兒子突然這樣對你說。

請問身為父親的你，會如何回應你的兒子呢？

光聽見這句話，應該沒有幾個人會馬上回答說：「不想去就別去了吧」或「不准你放棄」吧。大部分人應該都會說：「為什麼」、「理由是什麼」或「發生了什麼事嗎」，試圖詢問對方的理由不是嗎？

沒錯，人無法對不知道理由的事情進行判斷。

有高血壓的人建議採用腹式呼吸法，請務必嘗試看看。

假如你是有高血壓的人，請問你會採納這番建議嗎？恐怕不會吧，因為這句話根本沒有寫到最關鍵的理由，到底為什麼有高血壓的人建議採用腹式呼吸法呢？

> 有高血壓的人建議採用腹式呼吸法，因為腹式呼吸法具有平穩呼吸，刺激副交感神經運作的作用。副交感神經運作可使血壓安定，因此可以保護血管，不僅有助於改善高血壓，也有助於預防或治療因自律神經失調引起的疾病，請務必嘗試看看。

讀者如果看到這篇寫著推薦理由的文章，或許就會心想：「既然有那樣的效果，那我就試一次看看吧。」

文章當中的「理由」是構成說服力的重要部分。無論寫了多麼了不起或多麼正確的事，只要沒有寫到理由，就無法讓讀者接受。遺憾的是，這世界上有許多找不著理由的文章，這實在是一件很可惜的事。

我看了電影《2012》的ＤＶＤ，老實說，我已經看膩了氾濫的好萊塢災難電影，

> 但唯獨《2012》讓我刮目相看。

請問讀完這篇文章的人，會想要親自去看《2012》嗎？或許會有人感興趣吧，但應該沒什麼人會特地為此跑去DVD店租回家看，因為文中並未提及「刮目相看」的理由。這是一篇「資訊不足的文章」，讓人覺得少了些什麼。

作者心中應該有「刮目相看」的理由才對，但可惜的是，他的理由並沒有寫在文章裡。換句話說，作者並沒有努力傳達給讀者知道。倘若作者真的有心「想讓讀者認識這部電影」或「推薦這部好電影」，卻不提及讀者想知道的理由，那就太不親切了。讀者甚至無法判斷自己究竟「想不想看」這部電影。

> 我看了電影《2012》的DVD，老實說，我已經看膩了氾濫的好萊塢災難電影，但唯獨《2012》讓我刮目相看。
>
> 這部作品的畫面懾人心魄，以往的災難電影完全無法與之相比，場面之浩大堪稱前所未有。從海洋、天空到陸地，大自然全面反撲，而非局部性的壞滅。讓人充

分體會到「超乎現實」的畫面如身歷其境般。光是能夠看到這些澈底推翻「災難」觀念的驚人畫面，就值得花錢租DVD回來看了。

如果是這篇明確提出「刮目相看」理由的文章，應該很少有讀者會感到不滿吧，而且也能夠判斷「要不要看」這部電影。所謂的「理由」就是「五W三H」中的「Why（為什麼）」。**想讓文章具有說服力，千萬別忘了「Why（為什麼）」**。

訊息＋理由訓練法

當然，想要寫出理由，作者自己本身也必須掌握理由才行。「訊息＋理由訓練法」就是一種在日常對話中進行的「理由強化作戰」。

當你主動表示：「我喜歡打網球。」而對方反問：「為什麼喜歡打網球呢？」此時，如果你回答：「呃，為什麼啊？……就是喜歡啊。」這樣你恐怕寫不出什麼具有說服力的文章。

在進行「訊息＋理由訓練法」時，每當你發出任何訊息，後面一定要補充理由。在對方提問之前，就先自行講出理由。

導出理由之際，有一個很好用的法寶就是「為什麼呢？」，這可以說是導出理由的最佳工具。一旦使用這句話，接下來就不得不說明理由。「為什麼呢？」這句話本身可以省略，但後面導出來的理由一定要說出口才行。

- 「酒一定要喝 Hoppy 的。」→「（為什麼呢？）因為 Hoppy 低卡路里又低糖，最適合減肥中的我了。」
- 「我上下班都騎腳踏車。」→「（為什麼呢？）因為一個月可以省下九千日圓*的交通費，還可以鍛鍊體力。」
- 「我明天早上八點就要到會場了。」→「（為什麼呢？）因為我必須先去設置攤位才行。」

＊相當於台幣二千五百元。

●「原本預計去的中東旅行取消了。」↓「（為什麼呢？）因為鄰近國家的政治情勢與治安不穩定的關係。」

●「我不到最後一刻是不會放棄比賽的。」↓「（為什麼呢？）因為我的親朋好友都在為我加油。」

●「今天的會議也吵得一團亂。」↓「（為什麼呢？）因為贊成派與反對派都各執一詞，互不相讓。」

就像這樣，針對自己發出的訊息，用「為什麼呢？」導出理由。「訊息與理由」是缺一不可的好伙伴，所以在訊息的後面，請務必加上理由。

一天當中應該會有好幾次挑戰「訊息＋理由訓練法」的機會。一旦在日常對話中養成說明理由的習慣，也會強化寫作時提供理由的意識，同時應該也會大幅減少讓讀者心想「為什麼？」「理由是？」的機會。

15 用具體實例增加說服力

～舉例訓練法

日本是治安非常良好的國家。

應該沒有多少人會反駁這句話吧？

不過在平常不太關心日本治安或出國經驗較少的人之中，或許有人會覺得「嗯……日本治安確實是滿好的，但也不曉得好到什麼程度。」對那些人而言，這可以說是一句缺乏說服力的句子。

為什麼缺乏說服力呢？因為當中沒有提供「具體實例」。沒有具體實例的文章，就像「沒有料的味噌湯」一樣，感覺有一點……不，是相當地空虛。

另一方面，有具體實例的文章就像「有料的味噌湯」一樣，讓人喝得津津有味。同樣是味噌湯，前者讓人覺得空虛，後者讓人喝得津津有味。無論是文章或味噌湯，「料」都是很重要的。既然都提筆寫作了，當然要盡可能讓讀者品嘗得津津有味。

日本是治安非常良好的國家。

舉例而言，這裡很少發生竊盜案，在日本的咖啡店或餐廳裡，經常可以看到有人不在座位上，卻把手機、皮包或電腦直接放在桌上，可見大家都很放心，不怕被人順手牽羊。

許多造訪日本的外國人見到這一幕，都異口同聲地表示相當不可置信。

此外，日本隨處都設有自動販賣機，這也可以說是一種治安良好的表現吧。如果在治安惡劣的國家「自動販賣機＝裝著錢的箱子」，往往很快就會遭人破壞或偷竊。

如果換成這篇文章的話呢？文中列舉出「治安良好」的具體實例，即使是平常對「日本治安」沒有深入思考的人，讀完以後是否也會自然而然地認同「原來如此」呢？其中說不定也有人心想：「這麼說來，我也曾把手機放在桌上就跑去洗手間呢。」

在對照自己的經驗後，接受這樣的說法。

我在第二章提到：「『盡可能寫得具體一點』，光是這樣就能提高寫作力。」而具體實例又是「寫得具體一點」的最佳表率。**舉凡「淺顯易懂的文章」、「有說服力的文章」、「有深度的文章」、「引人入勝的文章」……具體實例在這些文章中都能發揮絕佳效果。**

在文章中要導出具體實例，可以使用的詞就是「舉例而言」。通常在「舉例而言」之後會接續的是「關於前述事項的具體實例」，一旦使用「舉例而言」，自然得寫出具體實例才行。我自己在提示具體實例時，也經常使用「舉例而言」。

肝臟是營養的寶庫，沒有任何食物能與肝臟匹敵。

倘若一個對肝臟不甚了解的人讀到這句話，請問他真的能夠「心服口服」嗎？就算想也做不到，或許會是這樣的狀態吧？缺乏具體實例是主因之一。那麼以下的文章又如何呢？

肝臟是營養的寶庫，舉例而言，一塊約五十公克的肝臟就足以供給成人一天所需的維生素A，相當於四十把菠菜的維生素A含量，沒有任何食物能夠與肝臟匹敵。

藉由提供「一塊約五十公克的肝臟就足以供給成人一天所需的維生素A」和「相當於四十把菠菜的維生素A含量」等具體實例，讓讀者知道肝臟擁有多麼驚人的營養價值。這篇文章的說服力遠非原文所能比擬。

除了「舉例而言」之外，還可以使用「具體而言」或「例如」等用詞，或者即使不使用這些用詞，只要順應文章脈絡提出具體實例就OK了。

舉例訓練法

「舉例訓練法」是一種有效的列舉具體實例訓練法。使用「舉例而言」，將周圍的事物一一具體化。

- 顏色↓（舉例而言）黑／白／紅／藍／黃／綠／紫……
- 動物↓（舉例而言）狗／貓／猴子／大象／長頸鹿／牛／馬……
- 黃綠色蔬菜↓（舉例而言）胡蘿蔔／番茄／小松菜／韭菜／菠菜……
- 音樂↓（舉例而言）搖滾／流行／爵士／龐克／民俗／古典……
- 寶石↓（舉例而言）鑽石／紅寶石／藍寶石／祖母綠／翡翠……
- 電影名作↓（舉例而言）《羅馬假期》／《亂世佳人》／《原野奇俠》／《七武士》……
- 社群網站↓（舉例而言）臉書／推特／Google+／YouTube／LINE……

「動物」項下又可以再細分，挑戰「草食動物」或「鳥類」等題目。同樣地，「電影名作」項下也可再細分出「日本電影」、「經典動作電影」、「經典愛情電影」或「吉卜力動畫電影」等題目。

挑戰圍繞在生活周遭的題目也是一項很好的訓練。

- 喜歡流汗↓（舉例而言）跑步／五人制足球／在健身房做肌力訓練／溫泉／三溫

暖……

- 討厭狹窄滯悶的環境→（舉例而言）客滿電車／膠囊旅館／摩天輪或空中纜車／隔間廁所／應酬場地……
- 尊敬有信念的人→（舉例而言）坂本龍馬／吉田松陰／松下幸之助／鈴木一朗／矢澤永吉／父親／野澤老師（國中時期的恩師）……
- 有夢想→（舉例而言）買一台哈雷機車／去屋久島看繩文杉／完成「佐呂間湖一〇〇公里超級馬拉松」／撰寫小說並獲得新人獎／搭乘豪華郵輪環遊世界一周……

一旦使用「舉例而言」養成具體化的習慣，寫作時就會不由自主地列舉具體實例。

如果你對自己寫的文章感到「沒有列舉具體實例感覺好不舒服」的話，代表你已經習得真傳了。

16 區分事實與判斷

~「事實或不實」的辨別訓練法

日本將於二〇二〇年舉辦東京奧運，對於景氣的提升是一件好事。

如果你讀這句話不覺得哪裡奇怪的話，可要特別當心了，因為就算日本確定將舉辦奧運，景氣也不一定能夠提升，也就是說，第二句話提供的資訊很難被稱為事實。

在讀寫文章時，必須明確區分「事實」與「作者的判斷」。

事實：日本將於二〇二〇年舉辦東京奧運

作者的判斷：景氣的提升

所謂的事實，就是「誰也無法否定的事」。另一方面，判斷則會因人而千差萬別，那是通過作者本身的經驗、價值觀或成見所產生的東西。

日本舉辦奧運究竟會不會提升景氣，專家對此也有不同的看法，因此這並不能算是「誰也無法否定的事」。

前面那句話的問題在於作者將自己的判斷，也就是將「景氣的提升」，寫得好像是確定會發生的事實一樣。

①　日本將於二〇二〇年舉辦東京奧運，但願能夠刺激景氣的提升。

②　日本將於二〇二〇年舉辦東京奧運，應該能夠刺激景氣提升吧。

①是作者的期望，②是作者的推測。換句話說，兩者很明顯都屬於作者判斷的範疇。讀者如果看到這兩句話，應該就不會與事實有所混淆了吧。

居住在東京都葛飾區的A某，年紀已過三十，卻還過著悲慘的自由業生活。

在寫這樣的文章時也必須十分小心。讀到這句話的人，腦海裡應該會浮現「過著悲慘生活的A某」的模樣吧。

可是假如A某本人覺得，「蛤？我的生活才不悲慘呢！我認為自由業很有意義，賺的錢也比低薪的上班族多。我對這樣的生活十分滿意」的話又如何呢？可見這段話裡寫的「悲慘」其實並不是事實，只不過是作者的判斷而已。

這段話會對讀者造成極大的困擾，甚至是極大的危險，因為讀者不得不接受文中與事實相異的「事實」。

那麼這樣的文章又是從何而來的呢？

第一種情況是，作者本身懷抱惡意，明知道與事實不符，卻刻意誤導讀者（誘使讀者往錯誤的方向解釋）。不用說也知道，這絕對是一種要不得的寫作方式。

另外一種情況的問題比想像中還要嚴重，那就是作者本身懷抱著先入為主的成見。

由於作者自認為是事實，因此並不會注意到自己寫的文章「會對讀者造成麻煩」，尤其在本人毫無惡意的前提下，這種情況可以說是更加令人搖頭。

每個人多多少少都會有自己的「成見」，重要的是有沒有察覺到那是「成見」，如果能夠有所察覺的話，就能把成見寫為「判斷」，但若毫無自覺的話，當然也就會毫不猶豫地寫成「事實」了。

把非事實寫成事實，究竟會發生什麼事呢？讀者有可能為認為「這個人滿口胡言」、「這個人寫的東西不能相信」或「這個人寫的文章不值得看」，也就是說會遭到讀者嫌棄，或是無法得到讀者的信賴。

看到這裡，如果你開始擔心「我該不會也有很多先入為主的成見吧？」那麼我想建議你試試看接下來要介紹的訓練法。

「事實或不實」的辨別訓練法

我們在日常生活中會遭遇各種情景，在每一種情景當中，我們都可以練習如何辨別「事實」與「不實」，這就是所謂的「『事實或不實』的辨別訓練法」。「不實」就是「不是事實」的意思。

- 看見一個戴著耳環的棕髮男高中生時

  事實：有一個戴著耳環的棕髮男高中生

  無法斷定是否為事實：吊兒郎當

當你看見這個男高中生，覺得他「吊兒郎當」時，你必須去辨別那個感覺是事實還是判斷。當然，他的外表看上去或許很有個性，但光憑外表就能百分之百斷定他是個「吊兒郎當」的人嗎？也許他實際上是個喜歡追求流行的好學生也不一定。

在描寫這樣的人時，把他形容為「一個戴著耳環、吊兒郎當的棕髮高中生」，真的妥當嗎？如果只是「欠缺正確性」還無所謂，但在某些情況下，還很有可能被視為「言而不實」。

- 看見拉麵店門口排著很長的隊伍時

  事實：拉麵店門口有人在排隊

  無法斷定是否為事實：這家店人氣很高

如果是第一次看到有人排隊，當然不能斷定「這家店人氣很高」，說不定只是剛好遇到中午時段，加上店內空間狹窄的關係。當然，如果每天都有人排隊的話，這家店確實有可能「人氣很高」，但事實如何必須慎加辨別才行。

舉例而言，如果可以從排隊的人口中問出這樣的話：「我是這家店的忠實顧客，我經常來這裡吃飯。」或許能夠將此定義為事實。但如果對方回答：「因為這星期有半價活動我才來的。」那表示排隊的人群有可能只是為了「便宜」才來的。雖然「看見有人排隊＝人氣很高」的推測絕非不好，但究竟是否屬實還是必須慎重辨別才行。

- 平常很愛講話的B，今天話特別少

 事實：B的樣子有點奇怪，跟平常不太一樣

 無法斷定是否為事實：他在氣我

平常很開朗的人突然變得不太說話，周圍的人自然會心想：「咦，他是在生氣嗎？」不過如果你想不到任何惹惱對方的理由，那麼「他在氣我」就不一定是事實。

或許是因為對方在跟你見面前，剛好跟其他人發生過什麼衝突，也或許是因為對方從今天早上開始身體就不太舒服，又或者是因為對方當晚必須在一場重要的集會上演講，所以他很緊張，這也是有可能的原因之一。

假如對方親口說：「我對你這次的工作表現很失望。」那麼「他在氣我」就是事實，但在尚未取得證據的階段，擅自「推斷」對方的心情未免言之過早。

持續進行「『事實或不實』的辨別訓練法」，將有助於培養辨別事物的眼光。

舉例而言，有時即使是報章雜誌的報導，也有很多內容並非事實，而是出自作者的判斷。當讀者將這些判斷與事實混淆，通篇接受的話，就會輸入錯誤的資訊（太恐怖了！），辨別「作者的判斷」的能力，也是一種避免「受騙」的自我防衛能力。

一旦學會如何從眼前的情景中抽出「事實」，當你哪一天需要動筆寫作時，就能夠寫出「童叟無欺」的誠實文章了。除此之外，當你在閱讀其他人的文章時，無論作者「有無」惡意，你都能夠辨別出不自然的文章。換句話說，因為對資訊的敏感度提高了，所以輸出與輸入的能力也全面提高了。

17 依循「事實↓答案」即可寫出符合邏輯的文章

～用「所以」回答的訓練法

應該有人在電影、戲劇或實際的辦公室中看過這樣的場景吧：部下向上司報告時只講事實，結果遭到上司追問：「然後呢？」「所以呢？」「結論是？」例如以下這樣的報告：

部下：「我去詢問A公司接受採訪的意願，但對方說工廠的生產線不能攝影。」

上司：「然後呢？」

部下：「然後，呃……」

這個部下缺少的是「導出答案的能力」。

① 我去詢問A公司接受採訪的意願，但對方說工廠的生產線不能攝影，所以這一期的雜誌內頁編排，我打算以A公司老闆的專訪為主。

② 我去詢問A公司接受採訪的意願，但對方說工廠的生產線不能攝影，所以我在思考是否要放棄A公司，改而詢問B公司接受採訪的意願。

根據「不能攝影」的事實，①導出的答案是「改變雜誌內頁編排」，②導出的是「改變採訪對象」。撇開答案的好壞不談，至少兩段文章都根據事實導出答案，這一點是值得肯定的。

【步驟①】掌握事實
【步驟②】根據事實導出自己的答案

在寫作時也必須意識到這個①➡②的流程。「答案」當中融入了作者的意見、主張或價值觀等。**如果只是單純陳述事實，而不寫出根據事實導出的答案，那就是身為作者的怠慢。**

在前幾天的健康檢查中，肝功能被判定為D「需要治療」。

雖然可以理解這句話的意思，但應該會有人忍不住想吐槽說：「然後呢？」「所以呢？」

在前幾天的健康檢查中，肝功能被判定為D「需要治療」，因此我決定從今天開始禁酒一個月。

作者根據健康檢查的結果（事實），決定「禁酒一個月」，當中就依循了①↓②的流程。

這個十字路口沒有紅綠燈，所以最好設置臨時紅綠燈。

這句話又如何呢？看起來好像有依循①↓②的流程……可是卻沒什麼說服力，因為「沒有紅綠燈↓最好設置臨時紅綠燈」的因果關係太缺乏邏輯了，如果這句話沒問題的話，那麼全世界所有十字路口都得設置紅綠燈才行了。

這句話的問題主要出在①的部分。想讓「最好設置臨時紅綠燈」的意見有說服力的話，必須再稍微強化①的事實。

這個十字路口沒有紅綠燈，附近經常發生車禍，這個月也已經發生兩起轎車相撞的事件了，所以最好設置臨時紅綠燈。

這是將「事實」強化後的文章，追加「附近經常發生車禍」與「這個月也已經發生兩起轎車相撞的事件了」的事實後，①↓②的流程看起來就沒有那麼突兀了。

如上所述，在①與②之間必須要有讀者能夠接受的充分「因果關係」。在因果關係薄弱的狀態下寫出來的文章，有時會被當作「沒有邏輯」的廢文，因此必須特別當心。

此外，連接①→②的用詞列舉如下：「因此」、「所以」、「承上所述」、「是以」、「於是」、「結論是」、「因而」、「是故」、「綜上所述」、「基於前述理由」、「根據以上原因」……

這些用詞都含有「根據①（事實）的結果，可以提出以下結論」的意思，因此後面只要寫出根據事實推導出來的答案即可。「事實」與「答案」的因果關係愈強烈，寫出來的文章也會愈有邏輯。

用「所以」回答的訓練法

想要練習如何根據事實導出答案，一種有效的訓練法就是「用『所以』回答的訓練法」，也就是在目睹某項事實或經歷某種體驗時，用「所以」導出自己的答案。

事實：一位女性從我面前經過，腳絆了一下差點跌倒。

所以：我也要小心不要跌倒。

事實：氣象預報說「從傍晚開始可能會下雷雨」。
所以：帶著雨傘出門吧／在傍晚之前回家吧。

事實：昨天晚上只睡了三小時。
所以：今天上班時要努力不讓注意力下降。

事實：汽油價格達到近兩年五個月來的新高。
所以：盡量減少遠距離駕駛的次數吧。

事實：今年是父親六十大壽。
所以：帶父親到夏威夷去慶祝吧／多慰勞一下父親吧。

事實：這一次跳槽去新公司，有可能會被派往海外。
所以：趁現在多加強英語會話能力吧。

在這個訓練法中需要注意的是，「事實」與「所以」的因果關係。當你用「所以」回答時，請仔細確認前後文的連結是否有不自然之處。

舉例而言，在得知「今年是父親六十大壽」的事實後，下一句如果接「所以我也要好好努力」的話，感覺似乎有點牽強，因為「我要努力」與「父親六十大壽」的關聯性很薄弱。

反觀「帶父親到夏威夷去慶祝吧」或「多慰勞一下父親吧」等答案，因為與「父親六十大壽」的因果關係很強，所以讀者應該能夠接受才對。

用「所以」導出來的答案會強烈反映出一個人的意見或價值觀，換句話說，這個訓練法本身也有讓我們正視自己的意見或價值觀的效果。雖然主要的目標是「強化寫作力」，但背後同時也隱藏著「自我發現」的目標。

18 用「總而言之」傳達最重要的訊息

～總結他人言論訓練法

前一節介紹了「掌握事實↓根據事實導出自己的答案」的流程該如何運用。

這一節要介紹的是，扮演承上啟下角色的「總而言之」的運用方式。

【步驟①】掌握事實

【步驟②】歸納事實並傳達訊息

「總而言之」的後面，總是跟著從前文（事實）當中提取出來的本質，也就是所謂的「總結」。換言之，使用「總而言之」可以凸顯出最想要傳達的訊息。

不僅有美味的米飯、蔬菜和肉，還保留著具歷史意義的建築物與傳統文化，近年來更培養出許多世界級的藝術家，此地就是這樣的一座城市。

讀完這篇文章的人會有什麼感想呢？要不就是沒什麼特別的感想，要不就是隨意看完後心想「喔，這樣啊……」雖然可以理解這段話的意思，但總讓人不禁想吐槽說：「總而言之，你究竟想說什麼？」「所以呢？」為了不讓讀者產生吐槽的衝動，必須總結話題（事實），凸顯出最想要傳達的訊息。這段話可以修正如下：

不僅有美味的米飯、蔬菜和肉，還保留著具歷史意義的建築物與傳統文化，近年來更培養出許多世界級的藝術家，總而言之，這座城市擁有許多值得大肆宣傳的魅力。

先用「總而言之」承上啟下，再總結出「這座城市擁有許多值得大肆宣傳的魅力」，如此一來，作者想要表達的訊息更加明確，看在讀者眼裡，格局也比原文更加開闊。

她無論投籃、傳球或運球都是一流的，而且不僅步法好，耐力也是隊上數一數二的，只是可能因為她個性比較溫柔，所以真正上場比賽時，往往不見她發揮平常的實力。

這篇文章形容的是一個女籃球員，內容條理分明，沒有任何難以理解之處，只是平心而論，這篇文章毫無「吸引力」，讀者看了恐怕還是會心想，「總而言之，你究竟想說什麼？」「所以呢？」比起文章中提到的「事實」，讀者更想知道的是，作者究竟想透過這些事實傳達什麼訊息？

她無論投籃、傳球或運球都是一流的，而且不僅步法好，耐力也是隊上數一數二的，只是可能因為她個性比較溫柔，所以真正上場比賽時，往往不見她發揮平常的實力。總而言之，無論技術再怎麼優秀，倘若心理素質不夠強韌，就無法在正式上場時發揮實力。

在「總而言之」後面提出總結，就能夠凸顯出最重要的訊息。沒錯，作者想要強調的就是「心理素質」的重要性。

她無論投籃、傳球或運球都是一流的，而且不僅步法好，耐力也是隊上數一數二的，只是可能因為她個性比較溫柔，所以真正上場比賽時，往往不見她發揮平常的實力，總而言之，技術這種東西，不能只是「空有」而已。

如果想找到批判「技術至上主義」的切入點，或許也可以用這種方式做總結。**如何從「事實」中抽取出「本質」，總結出重點，再再考驗著作者的本事**。

此外，除了「總而言之」之外，「亦即」、「因此」、「換句話說」、「換言之」、「綜上所述」等，也都可以發揮承上啟下的功能，不妨配合各種狀況加以靈活運用。

總結他人言論訓練法

想要從前文當中抽取出「本質」加以總結，平常就必須養成做總結的習慣。要養成做總結的習慣，一個有效的方法就是「總結他人言論訓練法」，也就是在與他人交談的過程中，當對方說完某個話題時，找出對方話裡的本質，並看準時機說出「總結」。

「我昨天晚上跟悠太約會，但每次上司都專挑這種日子丟工作給我，讓我不得不留下來加班。等我去跟他會合時，已經比約定時間晚了將近一小時，我原本以為他應該會生氣，沒想到他竟然笑著跟我說：『加班辛苦了。』」

如果你在跟朋友聊天時聽到這樣的事情，不妨像以下的範例一樣，抽取出話題本質，說出這樣的「總結」吧。

「是喔，看來悠太他真的很體貼耶。」

「是喔，看來悠太他真的很喜歡妳耶。」

若你能夠做出類似的總結，代表你已經掌握到談話的本質；反之，若你做出以下這樣的總結，代表你尚未掌握到本質。

「真是的，妳的上司真不會挑時間。」

對方最想表達的是「上司不會挑時間」嗎？應該不是吧，上司在這裡只不過是整件事情的配角而已。

「總結他人言論訓練法」並不是只要做出總結就ＯＫ了，重要的是掌握話題的本質與核心。若能在確實掌握到核心的前提下做出總結，對方應該會很開心，覺得「這個人很專心聽我說話」或「真高興這個人聽出重點了」；反之，如果無法確實掌握話題的本質與核心，對方很有可能會對你產生不信任感。雖然聽起來很嚴格，但進行這種訓練法就是得承受這樣的風險。

「其實我已經換工作了，之前我的工作內容一直都是電腦作業，所以才想要試試看與人接觸的業務性質工作，但真的做起來才發現業務跟想像中完全不同，每天都要到處上門推銷，如果拿不到合約就沒有臉回公司，在這種氣氛下工作，壓力實在太大了……結果還把身體給累壞了，唉。」

當你聽見朋友這樣跟你說，請問你會如何回應呢？

「這樣啊，業務跟你想像中的不一樣，那還真是一場災難啊。」

「這樣啊，上門推銷的確是難度滿高的。」

「這樣啊，連身體都被搞壞了，可見壓力真的不小吧。」

如果你能做出類似的總結就合格了。反之，若你冒然說出自己的意見，例如：「笨蛋，就是因為你沒認真思考過就換工作，所以才會發生那種事！」那可就糟糕了。

我再重申一次，重要的是掌握話題的本質與核心，而「總結他人言論訓練法」也具有培養溝通能力的效果。

此外，總結話題只能在對方說話告一個段落之時進行，因為假如在對方說到一半時插嘴，就算你說到了重點，對方也會覺得「我的話題被打斷了」。

另外，當你回應對方後，記得注意一下對方的反應，如果你的總結確實掌握到本質與核心，那麼對話就會暢通無阻地進行下去，但如果沒有掌握到的話，對方可能會一時不知如何回應，或者露出詫異的表情，遇到這種情況時，趕緊補充適當的回應，換個心情繼續彼此的對話吧。

19 運用譬喻寫出人人都懂的文章

～譬喻訓練法

善於表達的人通常也是善於使用「譬喻」的人。

演藝圈也有很多「譬喻高手」，例如日本搞笑組合奶油濃湯的成員上田晉也就是其中之一。前一陣子，我在看一個電視節目，其中一個人說出了冷場的話，於是上田晉也說：「空氣非常糟糕*。」接著又補上一句：「就像沒有換氣扇的燒肉店一樣。」意思就是說「沒有換氣扇的燒肉店＝空氣非常糟糕」。

在搞笑的要素當中，包含「譬喻」的情形十分常見。據說有一次，DOWNTOWN的松本人志看見日本樂團無限開關成員常田真太郎的爆炸頭後，對他說：「你找到了一個很好的園丁嘛。」想必松本在見到爆炸頭的瞬間，腦海中浮現的是一棵修剪成完美圓形的樹吧，所以才會立刻說：「你找到了一個很好的園丁嘛。」如果他當時說的是「你找到了一個很好的髮型師嘛。」肯定不會那麼惹人發笑。像這種就是別出心裁的「譬喻」。運用「譬喻」的能力，在寫作上也是一種很有用的工具。

女人是「新檔覆蓋舊檔」，男人是「另存新檔」。

應該也有人看過這句相當有名的話吧？這句話非常精闢地用電腦存檔的形式，來譬喻男女看待過往戀情的差異。

在採取新作法之前，先捨棄舊作法吧。

讀完這句話以後，應該會有人不解地心想「為什麼非得捨棄不可」，對吧？為了解答那些人的疑惑，不妨像以下這樣添加譬喻如何？

＊日文的空氣也有氣氛的意思。

容器裡的水應該要先完全倒乾淨。如果容器裡有水的話，不管倒入多少熱水，最後也只會得到溫水而已。

將「作法」譬喻為「水」，就比較容易理解了。

工作速度並非愈快愈好，愈是追求速度，失敗的機率也愈高。

這句話也不能算是「充滿說服力」，因為有些人看了可能會覺得：「就算工作速度很快，還是可以確實完成吧？」

時速六十公里的汽車與時速一〇〇公里的汽車，應該是後者會比較快抵達目的地吧？只是速度愈快，發生車禍的可能性也愈高，如果時速高達一四〇公里的話，就更不用說了。

若能補上這段用生活周遭常見的「汽車」作為譬喻的文章，說服力將會大幅提升，因為只要是有搭過車的人，就算只搭過一次也好，都能夠充分理解超速究竟有多危險。

人的外表很重要。

看到這句話，有人會認同地心想「的確如此」，但也有人會無法接受地認為「不對，人還是要看內在才對」。

同樣都是料理，一道用「弱不禁風的紙盤」裝，一道用「高檔的盤子」裝，當然是後者看上去比較美味吧？「外表」就是這麼重要的一回事。

讀到這樣的譬喻後，如果有愈多人覺得「確實如此」，代表這個「譬喻」也愈成功。

- 貌同實異⬇草莓和辣椒看起來都是紅色的，兩者卻天差地別。

- 不足↓就像沒有淋醬油的生雞蛋蓋飯一樣。
- 不可能↓就像沒有車還說要「去兜風」一樣。
- 本身毫無價值的東西↓樂譜上的音符要化為聲音才有意義，否則只不過是單純的符號而已。
- 心裡覺得「不行」卻又採取行動↓就像一腳踩著油門，一腳踏著煞車一樣。
- 如果當地沒人需要的話，東西就賣不出去↓在沙漠中賣滑雪板，根本賣不出去。
- 唯有站上巨大的舞台才會成長↓比起種在小花盆裡的樹苗，種在大花盆裡的樹苗會成長得更茂盛。樹苗會受到花盆的影響。

若能夠像前述範例一樣善用譬喻，文章就會更容易理解，也更具說服力。

運用譬喻最基本的條件就是，要比原本的事實更容易想像。假如用「汽車」或「食物」作為譬喻，大部分人都能夠瞬間進行聯想，但如果用「袋棍球」、「狂言劇」或「大富翁」等作為譬喻的話，可能就有人難以理解了。難得作者有心運用「譬喻」，結果反而讓讀者更加摸不著頭緒……這樣可就本末倒置了。

譬喻訓練法

想要磨練譬喻的功力，建議平常就可以多多進行「譬喻訓練法」，也就是練習用別的詞彙來代換，將各種人事物譬喻成其他的東西。

例如「開朗的人」經常被譬喻為「像太陽一樣的人」或「像向日葵一樣的人」，那麼「陰沉的人」又可以被譬喻為什麼呢？「勤勉的人」呢？「粗心大意的人」呢？「愛開玩笑的人」呢？想想看什麼樣的譬喻比較簡單易懂吧。

如果突然要你做譬喻有點困難的話，不妨使用看看「像〇〇一樣」或「如〇〇一般」等格式吧（在〇〇裡放入譬喻）。一開始先想一些比較簡單的也無所謂，例如「像天使一樣的笑容」、「如刀一般銳利」或「如寶石一般美麗」等，等到逐漸習慣之後，再來挑戰更加別出心裁、獨樹一格的譬喻吧。

- 如鮮奶油一般的泡沫

- 如白鶴羽毛一般的白色
- 如深不見底的水井一般恐怖
- 如日本料亭女老闆一般舉止高雅
- 如辭世詩一般悲切
- 如不畏風雪的雜草一般強韌
- 如被關在濕度高達百分之八十的房間裡一樣滯悶
- 如關鍵時刻老是射門失敗一樣焦心
- 如第一次聽見愛女開口叫「媽媽」時一樣開心
- 如從蒸氣室出來後直接跳進冷水池一般爽快

如果平常寫的是專業領域的文章，不妨事先準備「譬喻」的材料，好將艱澀的專業用語等，轉換為更淺顯易懂的概念。

- 資訊科技產業➡運用譬喻說明「硬碟」、「記憶體」與「檔案」的差異

- 汽車產業↓運用譬喻說明「引擎馬力」與「油耗」的關係
- 人際相關（心理治療師等）↓運用譬喻說明「指導」、「諮商輔導」、「治療」、「諮詢」與「療法」的差異
- 時尚產業↓運用譬喻說明「訂製」的「全訂製」、「半訂製」與「套量訂製」的差異
- 國語教師↓運用譬喻說明「作文」與「小論文」的差異
- 金融產業↓運用譬喻說明「投資」與「投機」的差異
- 醫療產業↓運用譬喻說明「西洋醫學」與「東洋醫學」的差異

日本作家井上廈曾說：「寫作的祕訣用一句話來說，不過就是將只有自己能寫的東西，寫成人人都看得懂的文章罷了。」

「譬喻」就是寫出「人人都懂的文章」的方法之一。具備豐富的專業知識或資訊的人比比皆是，但能夠用簡單易懂的方式傳達出來的人卻寥寥無幾，為了躋身為那「寥寥無幾」的少數人之一，從今以後請多加磨練「譬喻」的能力吧。

第4章

練出一手有深度的文章

20 增加視角能讓文章更有深度

～蒐集視角訓練法

你的周圍有沒有那種對任何事物都抱持主觀偏見的人呢？

「男人最差勁了」、「女人心機很重」、「有錢人都很小氣」、「政治家都很齷齪」、「小孩子都很吵」……這些全都是從單一視角出發的刻板見解，這種人寫出來的文章往往都很膚淺。如果是以文筆辛辣著稱的專欄作家，刻意以單一視角切入可能出自他的專業，但毫無自覺的單一視角卻「實不可取」。

假如你要寫一篇報告，題目是「死後世界是否存在？」。

如果你訪問的是有瀕死經驗的人，他證實說：「我見過死後的世界。」那麼你應該會寫出「死後世界確實存在」的報告；反之，如果你訪問的是主張「人類的意識全由大腦所創造，一旦大腦停止運作，意識也會隨之消失」的腦科學家，那麼你應該會寫出「死後世界不存在」的報告。

無論何者都是輸入受限的單一視角。在輸入範圍受到限制的情況下，當然也只能在那個範圍內進行申論。遺憾的是，這樣並不能成為一篇有深度的文章。

那麼如果同時訪問有瀕死經驗的人與腦科學家的話呢？不，不只是訪問這兩人，如果還訪問宗教家、哲學家、精神科醫師、心理學家、巫師、靈媒、催眠治療師等等，或是閱讀數十本關於「死後世界」的書籍，增加更多不同的視角，結果又會如何呢？當你從各種視角深入考察後，想必一定能夠針對「死後世界」寫出一篇值得一讀的報告吧。

「視角」愈多，理論就會愈深入。

此處再針對「視角」稍微簡單地說明一下吧。假設現在要寫一篇關於A某的文章，我們可以從以下幾個視角去描述：

①Ａ的外貌

②Ａ的性格

③Ａ喜歡什麼、不喜歡什麼
④Ａ擅長什麼、不擅長什麼
⑤Ａ的頭腦聰不聰明

每個人想到的視角都不盡相同，有些人或許會從「Ａ的興趣」、「Ａ的學歷或工作經歷」、「Ａ的價值觀或人生觀」、「Ａ的夢想或目標」、「Ａ的工作」、「Ａ的心胸」或「Ａ的戀愛觀或婚姻觀」等視角去描述。當然，這些全都是很好的視角。

身為髮型師的Ａ絕對稱不上是個帥哥。

像這句話就只包含①（外貌）的視角。

身為髮型師的Ａ絕對稱不上是個帥哥，但他腦筋動得快，而且對誰都很親切。

描寫時也可以像這樣結合複數視角，這句話除了①（外貌）之外，還同時包含⑤（頭腦聰不聰明）和②（性格）的視角。

在思考關於減肥的議題時，很多人都會聚焦在「體重」上，例如「好開心我瘦了五公斤」或「真可惜只瘦了一公斤」，不過「減肥＝體重」只不過是其中一個視角罷了，其他還可以從「體脂肪」的視角或「BMI值」的視角去著墨。

雖然體重下降了，但BMI值還是被判定為「肥胖」。

這句話絕對不是光從「體重」這個單一視角就能寫出來的文章。除此之外，還可以從「健康」、「美容」、「腦科學」、「心理學」等視角去談論減肥這件事，例如以下的文章就是從「健康」的視角去切入。

如果四肢無力到難以活動的程度，就算一個月能瘦十公斤，也不能算是成功的減肥。

同樣地，如果從「美容」的視角出發，則可寫出以下這樣的文章。

在降低脂肪的同時，也要鍛鍊適當部位的肌肉，讓兩者的平衡達到最佳化，就能更接近理想的比例。

像這樣藉由改變視角的方式改變看待事物的方法，就能讓必須寫的主題更加具有廣度與深度。只要動員「體重」、「體脂肪」、「BMI值」、「健康」、「美容」、「腦科學」、「心理學」等視角書寫文章，想必能夠完成一篇非常值得一讀的「減肥記」吧。

如果想要寫出讓讀者佩服地大嘆：「原來如此！」的文章，千萬不能執著於單一的視角。**究竟可以從什麼樣的視角切入呢？從什麼視角切入會比較有趣呢？從什麼視角切入能夠產生說服力呢？一次性地掌握各式各樣的視角，以便摸索所有的可能性。**

即使只從某一特定視角深入探討，但能不能夠看見其他視角，也會影響文章的深度。

正因為「雖然看見十，但寫的還是一」，而非「只看得見一，所以只寫一」，才使得那樣的訊息顯得有價值。

請閱讀以下這篇以「增稅」為題的文章。

日本消費稅稅率不斷改變，二〇一四年從百分之五提高到百分之八，且預計將於二〇一七年上調到百分之十。隨著消費稅率逐步調升，應該有很多人鬱悶地心想：「家計負擔愈來愈沉重了……」

這篇文章是從「國民」的視角切入，應該有很多人感同身受吧？不過「階段性的增稅↓家計負擔變沉重」的見解稍微常見了一點。嚴格一點來說，就是一篇誰都寫得出來的平凡文章，缺乏獨特的見地與深度。既然如此，試著在「國民」的視角之上，再加入「國家」的視角看看吧。

日本消費稅稅率不斷改變，二〇一四年從百分之五提高到百分之八，且預計將於二〇一七年上調到百分之十。隨著消費稅率逐步調升，應該有很多人鬱悶地心想：「家計負擔愈來愈沉重了……」

另一方面，這種階段性的增稅措施，據說也是一種國家對國民的考量。倘若一次增稅百分之五，會對家計造成相當大的負擔，因此才分成兩階段提升稅率，以減少對家計的負擔。相較於一次性的巨大衝擊，分成兩次規模較小的衝擊，對於受影響者造成的損害確實也比較低。

加入「國家」這個新視角後，對於「增稅」的看法就有所不同了。假如前者是「平面的文章」，那麼後者就是「立體的文章」。

假如在「國民」或「國家」等視角之外，再加入「世界」的視角又如何呢？加入「在歐洲各國當中，有很多國家的消費稅率都超過百分之二十」或「即使在亞洲和中東國家當中，也有很多國家的消費稅率超過百分之十」等內容後，對於「增稅」的看法應該會再產生大幅的改變才對。**視角愈多，主題愈清晰立體，文章也愈具可讀性**。如果可以與強調主張的手法（刻意從單一視角切入的寫法）並用，就再好不過了。

蒐集視角訓練法

想要從多方視角談論事物，平日就必須養成增加視角的習慣。此處要推薦的就是「蒐集視角訓練法」。如果你剛出國旅行回來，那麼你可以蒐集到什麼樣的視角呢？一起來思考看看吧。以下為視角的其中一例。

- 食物／物價／景氣／活力／自然／文化／語言／治安／政治／歷史／國民的性格／景觀／特產……

只要能蒐集到這麼多視角，應該就能寫出一篇有趣的海外遊記了吧。

如果你剛看完一部電影，又可以蒐集到什麼樣的視角呢？

- 故事／登場人物／場景／台詞／影像／音樂／編輯／導演／演員／演員的演技……

那麼假如是在餐廳吃完飯之後又如何呢？

- 菜單／味道／裝潢／氣氛／餐具／餐廳位置／接待／服務／餐廳特色／價格／人氣……

「菜單」或「味道」是相對較容易蒐集到的視角，至於「接待」或「餐廳特色」等，可能有些人蒐集得到，但有些人蒐集不到吧。當然，應該也有人能夠蒐集到此處沒有列舉的視角才對（做得好！）。

關於電影還有「票房收入」、「字幕」、「拍攝地」等視角，餐廳的話還有「食材」、「背景音樂」、「客層」等視角，這個訓練法的目的就是要盡可能蒐集更多的視角，如果已經為了某些原因確定要寫文章的話，不妨有意識地蒐集更多視角吧。

如果你感覺「我實在蒐集不到什麼視角……」的話，也許你太過執著於蒐集正確的視角，那代表你的頭腦稍嫌僵硬，**所有事物都能從多方視角去檢視，視角不可能只有一**

個而已。

看不見其他視角時，你應該努力尋找視角，你可以親自繞到事物的背後、潛入事物的底下，或是將事物本身扭一扭、拉一拉、丟一丟、敲一敲、揉一揉，如果只知道枯坐在原地咬手指，沒有人會幫你蒐集視角，只有作者自己親自出馬才行。

接下來，請根據以下事項或題材挑戰看看視角的蒐集吧。

- 關於最近讀過的書↓作者的資訊／書的主題／在市面上的話題性／讀書的動機／讀後心得……
- 關於自己居住的城市↓不動產的行情／社會保障／學校數量／餐廳或居酒屋等外食產業……
- 關於自己的工作↓工作內容／社會貢獻度／職場的氣氛／報酬……
- 關於長年的習慣↓作法／開始的契機／效果／弱點……
- 關於喜歡的料理↓從什麼時候開始喜歡的／喜歡的理由／在市面上的評價／食材／味道／口感／外觀／氣味／料理的程序／哪家餐廳吃得到／可否自己在家料理

／經常吃得到的國家或地區……

視角沒有對錯之分，「一定要蒐集到正確視角」的既定觀念會嚴重妨礙寫作，因此不妨趁此機會拋棄這樣的觀念吧。如此一來，反而更有機會從意想不到或突發奇想的視角寫出令人玩味的文章。對於蒐集而來的視角，千萬不能輕易評斷好壞，因為有時候你真的不知道，在哪個視角裡面，或許埋藏著「寶物」也不一定。

21 深入挖掘感覺的成因
～為什麼訓練法／喜怒哀樂訓練法

感覺話說得不清不楚、感覺不夠痛快、感覺不大舒暢……**當內心有這樣的感受時，唯有注意到這種「不清不楚」問題出在哪裡的人，才是能夠寫出深度文章的人。**

①　我看了上映中的電影《〇〇》，我覺得這是一部好電影，但要說我喜歡這部電影嗎……其實也說不上喜歡吧。

這段文字連讀者看了都覺得沒搔到癢處，寫出這段文字的人恐怕不太喜歡這部電影吧，但連他本人都不清楚自己「不太喜歡」的理由，所以才寫出如此不痛不癢，對讀者而言「可有可無」的文章。

②　我看了上映中的電影《○○》，我覺得就聚焦在主角情感激盪的人性戲劇類電影來說，這部電影確實有其可看之處，眾演員的精湛演技也不在話下。

但有一點很可惜的是，這部電影的時代考證做得非常粗糙，劇中年代是泡沫經濟全盛期的一九八八年，然而主角乘坐的汽車卻是當時還不存在的Subaru Impreza，家裡還放著當時不可能有的超級任天堂。此外，片中的女性幾乎都把頭髮染成了咖啡色不是嗎？如果沒記錯的話，泡沫經濟時期應該是以黑髮為主流才對吧……況且那個時期的就業市場明明是求人者遠多於求職者，當中卻有女學生苦惱於找不到工作等情節，不少地方都欠缺真實性。或許也有人不在意這些細節，但這種疏於時代考證的電影，我個人還是敬謝不敏。

①的文章並未清楚提示「不太喜歡」的理由，相對於此，②的文章則很明確地提出理由，作者似乎對於「粗糙的時代考證」感到很掃興。如果是這篇文章的話，讀者讀起來也不會覺得沒搔到癢處。②的文章有①所缺乏的「深掘力」。所謂的「深掘」，正如字面所示，就是深入挖掘事物的意思。①的文章並未深入挖掘令人在意的理由，相對於

此，②的文章則深入挖掘了個中原因。

當感覺文章沒搔到癢處時，如果不深入挖掘這種感覺的成因，最後就會寫出像①這種空虛的文章；反之，能夠深入挖掘出感覺成因的人，就能夠寫出像②這種清晰易懂的文章。

③　〇〇旅館坐落在箱根，不僅建築物老舊，餐飲也絕不算豪華，沒想到給人的感覺卻格外舒適。

讀完這段話，應該有人不禁想知道：「為什麼建築物與餐飲都沒有特別好，感覺卻格外舒適呢？」因為文中並未交代「沒想到」的細節。或許作者並不是沒寫出細節，而是寫不出細節，有可能連他自己都不太清楚感覺格外舒適的理由吧。

④　〇〇旅館坐落在箱根，不僅建築物老舊，餐飲也絕不算豪華，沒想到給人的感覺卻格外舒適，可能是因為老闆娘和員工招待客人非常用心吧。

相較於③並未寫出感覺舒適的理由，④則提出感覺舒適的理由，可能是因為「老闆娘和員工招待客人非常用心吧」。如果是這段文章的話，讀者讀起來就不會覺得沒搔到癢處了。之所以能夠寫出感覺的理由，是因為作者正視自己，並且深入挖掘感覺的成因。

嚴格說來，③這樣的文章絕非不合格，為了創造神祕的氣氛或餘韻，「刻意不說太多」的筆法也是理當存在的（寫作達人的手法之一），重要的是其中有沒有這樣的「意圖」，如果沒有意圖的話，還是寫出必須交代的理由比較好。

假設你星期日傍晚獨自一人在家讀書，突然感覺很「寂寞」，請問你為什麼感覺寂寞呢？如果不深入挖掘感覺的成因，就無法寫成文章。

- 因為今天家人不在家
- 突然對自己的將來感到不安
- 當時播放的音樂聽起來很寂寞
- 回想起小時候〇〇的記憶

人類的感覺很複雜，有時當然也會有「不曉得為什麼寂寞」的情形，可是從一開始就放棄的「不曉得」，與正視自己的感覺後所得到的「不曉得」，兩者截然不同。

假如正視自己的感覺，得到的結論即便是「想來想去還是不曉得」，但過程也絕對不會白費，因為你可以寫出像這樣的文章：

星期天傍晚莫名有種寂寞感，明明今天白天和朋友一起吃了午餐，我也很喜歡我的工作，所以不討厭星期一的到來，但還是感覺很寂寞。我思考了一下理由，但想來想去始終毫無頭緒，或許是我的DNA裡早就內建「星期天傍晚會感到寂寞」的訊息了吧（笑）。如果想了半天還是想不出原因，那麼老實接受這個「上帝看不見的安排」或許比較聰明，所以我決定暫時把寂寞擱一邊，去煮個義大利麵，煮著煮著應該就能排解寂寞了吧。

像這樣描寫正視自己感覺的過程，也是一種很好的寫作方式，所以就算無法挖掘出

「寂寞的理由」，也不必感到灰心喪氣。

深入挖掘莫名的感覺時，「Why（為什麼）」是一種很有用的工具。

藉由自問「為什麼」會產生那種莫名的感覺，讓理由浮現出來，若以前述①的文章來說，就是「為什麼說不上喜歡呢？」以③的文章來說，就是「為什麼覺得舒適呢？」

應該有很多人知道豐田汽車在管理上推行的「五問法」吧？也就是「在發生問題時，連續問五個為什麼，即可釐清事物的因果關係或潛藏在背後的真正原因」。

在挖掘感覺的理由時，這個「為什麼」也相當有效。**「為什麼」就像深入挖掘感覺的鏟子一樣，只要懂得靈活運用，就能挖掘出源源不絕的寫作題材。**

為什麼訓練法

如果只有在寫作時盡力「深入挖掘」，是不會順利得到結果的，因為如果平常沒有努力正視自己的感覺，說不定根本不會注意到模稜兩可之處。

反之，假如平常就養成用「為什麼」深入挖掘感覺的習慣，到了真正需要寫作時，也能夠乾淨俐落地除去模稜兩可之處。

此處要推薦的方法是「為什麼訓練法」。當你感覺「莫名地……」、「不知道為什麼……」或「奇怪的是……」時，就是可以開始訓練的時候了。

- 不知道為什麼，今天一點也不開心
- 奇怪的是，我一點也不高興
- 最近莫名地缺乏動力
- 今天的聚會莫名開心
- 今天莫名地愉快

在你產生「莫名地……」、「不知道為什麼……」或「奇怪的是……」等感覺時，就用「為什麼」去深入挖掘感覺形成的理由（原因）。

- 不知道為什麼，今天一點也不開心↓（為什麼？）因為昨天晚上跟男朋友吵架了

- 奇怪的是，我一點也不高興↓（為什麼？）因為雖然是讚美，聽起來卻像在諷刺
- 最近莫名地缺乏動力↓（為什麼？）因為現在做的工作都是上司命令我做的
- 今天的聚會莫名開心↓（為什麼？）因為明天開始就是暑假了
- 今天莫名地愉快↓（為什麼？）因為這段期間住在醫院的媽媽終於可以出院了

雖然有一種技巧，是藉由故意掩蓋「莫名地……」、「不知道為什麼……」或「奇怪的是……」等感覺的真面目，以引起讀者的好奇心，但不能因為有這種技巧作為隱形斗篷，就不努力深入挖掘自己的感覺。

就像富士山從雲層中現身時一樣，當你釐清莫名的感覺從何而來時，那種感動是無以言喻的。花費愈多時間與勞力深入挖掘，愈應該感到「幸運」，因為辛苦挖掘出來的感覺，其成因十之八九都「值得形諸筆墨」。

如果你的目標是成為一個寫作高手，那麼任何時候你都不應該對不明所以的感覺視而不見，任何感覺都必有理由。這種正視自我感覺的「為什麼訓練法」，並不光是用來「蒐集文章題材」而已，也是一個絕佳機會，可以認識「自己」這個不確定的存在的核

心。

喜怒哀樂訓練法

此處再介紹一個深入挖掘感覺的有效訓練法，就是「喜怒哀樂訓練法」。請把這想成是前面介紹的「為什麼訓練法」的進階版。

當你產生堪稱人類「四大感覺」的「喜怒哀樂」時，請正視自己的感覺，試著挖掘出形成感覺的理由吧。為什麼你心裡會產生那樣的感覺呢？明確地找出其中的理由。

舉例而言，去到人多的地方會覺得很興奮的人，不妨想一想自己為什麼會覺得興奮呢？在正視自己的感覺後，說不定會想起自己「自從懂事以來就非常喜歡去參加人山人海的慶典」。

人類最深層的感覺比想像中更難以看透，因此被自己的感覺欺騙也不是什麼稀奇的事。正因如此，當內心產生的感覺愈複雜時，愈是必須慎重地深入挖掘才行。

舉一個例子來說，當一個努力為他人奉獻的人，在思考「為什麼我會這麼想要努力為他人奉獻」時，通常很容易得出「因為我喜歡看見別人的笑容」這一類的理由，不過如果仔細檢視感覺的核心，其實在不少情況下，「因為想藉由為他人奉獻，讓別人覺得我是好人」才是真正的理由。

我再重申一次，人類的感覺是很複雜的，然而正因為複雜，正因為難以看透，才有正視自己感覺的意義。當你發現真正的理由時，就能夠寫出真正有深度的文章、有趣的文章、值得一讀的文章了。

將「感覺」形諸筆墨時，能夠挖掘出理由的人，與不能夠挖掘出理由的人，寫出來的文章品質會有相當大的差異。當然，我們的目標絕對是前者。

22 透過細節的描寫引起讀者興趣

～細節描寫訓練法

真是一部有趣的電影。

真是一場感人的現場演奏。

真是一碗美味的擔擔麵。

真是一張髒亂的書桌。

「有趣」、「感人」、「美味」、「髒亂」……光靠這種描寫「表層」的表現，不可能完整交代當下的心情或狀態。

假如想要引起讀者的興趣，必須描寫「深層」而非「表層」。為此，我們必須具備的是「細節描寫力」。

所謂的「細節描寫力」就如字面所示，意思就是「描寫細節的能力」。這種能力可以有效地將前一節所提到的「感覺」，乃至於五感（視覺、聽覺、觸覺、味覺、嗅覺）、記憶、事實、風景、狀態等所有事物都化為文章。

> 真是一部有趣的電影，密密交織著愛與恨、期待與不安、希望與絕望等相反要素的劇情，簡直就是錯綜複雜的人類社會縮影，令人完全陷入那寫實的劇情設定當中。

> 真是一場感人的現場表演，雖然演奏得很粗糙，主唱也不算很厲害，但四位團員散發出來放縱不羈的熱情，澈底抓住我小小的心靈。我再次體會到，他們的現場表演不是用來「聽的」，而是用來「感受的」。

真是一碗美味的擔擔麵，湯汁入口的瞬間，胡麻香噴噴的氣味、濃厚的鮮味，與一點點的辣味在嘴裡散開，讓人沉浸在滿滿的幸福滋味中，滑嫩的麵條也完全切中我的胃口。

真是一張髒亂的書桌，整張桌子被堆積如山的資料與書籍給占滿，隙縫之間勉強可以看到所謂的「書桌」，但上頭積著一層如雪花般的灰塵，多到可以用手指在上面寫字了吧。除此之外，桌上還散落著十元商店的原子筆、上頭有咬痕的鉛筆、黑白相間的橡皮擦屑、軟趴趴的橡皮筋、吃到一半的甜麵包、擤過鼻水的衛生紙……其他還有一堆有的沒的東西，算了不寫了，這畫面光用看的就讓人嘆氣。

只要像這樣澈底描寫細節，就能創造真實度，勾引讀者的心。

假如有人要我們寫一篇以「最近發生的開心事」為題的文章，經常有人會寫說：「最近最開心的是……」或「……讓我很開心」，但就表現手法來說實在乎乏了點。

昨天我收到一封信，打開來一看，不禁激動地振臂高呼，上面寫著「合格」二字。

如果是能夠描寫細節的人，應該也可以寫出這樣的文章吧？只要能夠描寫細節，就能夠在不使用「開心」二字的前提下，傳達「開心」的感覺。

「魔鬼藏在細節裡。」

這句耳熟能詳的格言意思是「倘若細節有所疏忽，就無法成就整體的美」、「細節的完整度才是決定作品價值的關鍵」。很多藝術家或建築師喜歡引用這句話，而這句格言所傳達的訊息同樣也適用於寫作。**富於細節描寫力的文章，具有勾起讀者興趣的力量**。

就像把碎片拼在一起就能看見整幅畫的拼圖，或是把影片剪輯在一起就能看見整個故事的電影一樣，文章也能夠藉由把細節拼湊在一起，讓畫或故事（＝訊息）鮮明地浮現出來。

想要描寫細節，作者自己當然必須掌握細節，也就是「感覺」、「五感」、「記憶」、「事實」、「風景」、「模樣」等。仔細觀察描寫對象的心情或狀態以掌握細節，掌握到細節以後，再慎重地寫進文章裡。

以前述「骯髒的書桌」一文為例，這篇文章就是由以下的細節所構成。「堆積如山的資料與書籍」、「勉強可以看到所謂的『書桌』」、「積著一層如雪花般的灰塵」、「十元商店的原子筆」、「上頭有咬痕的鉛筆」、「黑白相間的橡皮擦屑」、「軟趴趴的橡皮筋」、「吃到一半的甜麵包」、「擤過鼻水的衛生紙」……這就是用十個碎片湊在一起來表現「骯髒的書桌」。若碎片減少至五個或三個，不僅真實度會隨之降低，讀者的興趣或好奇心恐怕也會隨之減少。

順帶一提，此次描寫是以五感中的「視覺」為主，但如果以嗅覺寫出「衝入鼻腔的菸味」，或以觸覺寫出「被汗水沾得黏黏的抽屜把手」，讀者腦中的「骯髒的書桌」應該會更加立體吧。

細節描寫訓練法

如果只是隨性地觀察心情或狀態，一旦真正需要動筆時，往往無法描寫細節。為了磨練細節描寫力，平常就必須進行「掌握細節→描寫細節」的訓練。

此處要介紹的「細節描寫訓練法」，並不需要透過文章表現，即使只在腦海中進行，也能夠充分得到效果。訓練的方式是用眼睛不經意看到的東西、呈現在眼前的畫面、特別的經驗或體驗、受到刺激的感覺或五感等作為題材，在腦海中列出構成這一切的碎片。

- 感染流行性感冒時

整體描寫：身體很不舒服

細節清單：身體發冷／發燒到三十九．五度／關節疼痛／流出黃色黏稠的鼻水還有痰／一直咳嗽／後腦劇烈疼痛／食慾不振／身體像鉛塊一樣沉重／不停冒汗／無法思考／做噩夢……

- 坐在眼前的同事的臉

整體描寫：難得一見的帥哥

細節清單：肌膚充滿光澤／鼻梁高挺／眼睛內雙而且很有神／眉毛又粗又濃／睫

毛濃翹／眉眼距離很近／臉小且臉頰線條緊實／皮膚偏白／嘴角上揚／薄唇／齒列整齊／笑的時候有酒窩……

● 常去的居酒屋店內

整體描寫：昭和復古風

細節清單：三張木製餐桌與五個吧檯席／酒桶造型與木製的椅子／椅子上墊著唐草紋的坐墊／天花板上掛著寫有「Hoppy」的燈籠／天花板上掛著好幾顆燈泡／牆上貼滿手寫菜單／吧檯上放著成排一升瓶的燒酎與日本酒／烤肉用的木炭爐／放在桌邊的扇形菜單、筷筒、牙籤筒、醬油瓶／冰冰涼涼的啤酒杯／小菜炒牛蒡絲與芋頭／鶴型的紙製筷架／擺設在最裡面的老舊民謠吉他……

● 現在的工作內容

整體描寫：業務

細節清單：參加業務會議／拜訪客戶／約定會面時間／準備簡報資料／製作提案書／製作傳單／製作報價單／製作契約書／製作會議資料／製作與管理客戶資料庫／發送電子報／製作廣告DM／整理名片／核算經費／製作報告書／商品的評價／處理客訴案件／取悅上司……

所有人、事、物都可以成為訓練的題目，例如：「家中廚房的模樣」、「通勤電車內的模樣」、「從愛車駕駛座上看見的風景」、「公司辦公室的模樣」、「附近公園的模樣」、「隨身攜帶的包包或錢包的內容物」、「在箱根駒岳上眺望的風景」、「正月的街道風景」、「喜歡的運動規則」、「超市蔬菜賣場的模樣」……你也可以像電視實況轉播的主播一樣，在腦中報告賣場的模樣：「今天的小黃瓜特價一根五十日圓*，喔！旁邊還放著地方農園栽培、剛收成的番茄，還有來自埼玉深谷最出名的大蔥……」

一旦將這個訓練養成習慣，看待事物的方式就會逐漸改變。日文中所謂的「蟲眼」，亦即「看見細節的眼睛」，也將會愈來愈敏銳，以往令你毫無感覺的世界將會開始有顏色、聲音、氣味、形狀……看起來愈來愈真實。

「啊，這家店原來還有這種東西啊。」
「啊，這個人喜歡這種色調的衣服啊。」
「啊，這家咖啡店會播放背景音樂啊。」
「原來我會思考這種事情啊。」

所有的發現都是寶物。假如以往見到的風景是「只有鋼琴與歌聲的試聽帶（平面的）」，那麼由細節堆積出來的風景就是「結合各種聲音編輯而成的完成版（立體的）」，即使旋律相同，但帶給聽眾的印象卻截然不同。

＊相當於台幣十四元。

23 提高「察覺力」就能擁有源源不絕的書寫題材

～乘法訓練法

「我可以寫的題材已經用盡了……」

這是很多定期寫作的人會找我商量的事。從結論來說，不可能有「書寫題材用盡」這回事，那只是你自以為「用盡」而已。如果所有題材都只向自己內部求取的話，確實遲早會走進死胡同，因為不管是輸入量再多的人，頂多也只能知道一人份的知識或資訊而已。

反觀那些書寫題材源源不絕的人，總是能夠從「自己以外＝外部」找到題材靈感。**放眼自己周圍，文章的題材俯拾即是，能夠察覺到這件事的人，不僅能夠擁有源源不絕的題材，甚至能夠產出無窮無盡的文章。**

從外部取得題材後，又該怎麼做才好呢？就是把那個題材跟自己擅長的題材結合在一起。換句話說，就是用「外部題材×自己擅長的題材」，進行乘法式的寫作。

例如我的專長領域是「寫作方法」，那麼我就可以用下面這樣的乘法式去寫作。

- 聖誕節×寫作
- 奧運×寫作
- Yahoo!×寫作
- 啤酒×寫作

為了那些摸不著頭緒的人，我再拆解得詳細一點吧。

- 聖誕節×寫作→小孩子寫的「向聖誕老公公要禮物」的信×委託廠商的電子郵件寫法
- 奧運×寫作→奧運選手提高專注力的方法×寫作時提高專注力的方法
- Yahoo!×寫作→登上Yahoo!新聞焦點的標題×電子郵件標題的寫法

●啤酒×寫作→喝下第一杯啤酒的美妙之處×提筆寫作的美妙之處

以下文章是我以前發表在臉書上的文章。

前一陣子，在女兒參加的「日本中學舞蹈社冠軍賽」全國大會上，一名擔任評審的職業舞者，在最後的總評時發表了以下這段話：

「評審結果愈好的隊伍，愈了解自己的隊形從觀眾席上看起來如何，也做了愈多的研究。」（→大概是這樣的意思）

他針對的是觀眾席上的「觀感」，而非舞蹈的技術或表現等，向國中生提出建議。

真是一語驚醒夢中人。

我們很能夠了解選手們想要精進技術或表現的心情。

其中應該也有孩子為了跳舞而竭盡全力吧。

不過觀賞舞蹈的人是坐在觀眾席上。

從觀眾席上可以看見整個舞台。

觀眾無論如何都會看見整體隊形。

當然，因為是舞蹈比賽，所以每一組的技術或表現也是焦點之一。

不過坐在觀眾席上觀看時，會讓人不禁「哇！」地讚嘆出聲的，都是隊形變換很美或有驚喜橋段的時候。

總評的評審委員想表達的應該是「我們應多抱持客觀視角，看清楚自己的舞蹈在別人眼中究竟呈現的是什麼模樣」吧。

注重客觀性的，不只是舞蹈而已。

文章也可以說是同樣的道理。

在寫作的時候，很多人都會寫自己想寫的東西，但會去客觀思考讀者如何看待這篇文章、如何閱讀這篇文章的人卻寥寥無幾。

然而任何文章只要有人閱讀，重要的就是那一分「客觀性」。

即使用自己想傳達的方式，寫出自己想傳達的事情，也不見得能夠打動對方的心。

這道理就如同跳舞一樣，即使個別的技術或表現再怎麼優秀，也不一定能夠征服觀眾的心。

重要的是，讀者究竟如何看待自己的文章、如何閱讀自己的文章。

「文章」是舞台上的舞者，「讀者」是觀眾席上的觀眾。

你的文章看在觀眾席的觀眾眼裡，究竟呈現什麼模樣呢？

愈能夠理解觀眾心情的人，應該愈能夠寫出征服讀者的文章才是。

這篇發文是以乘法原則寫成的，亦即「前半：外部題材（舞蹈評審委員的總評）×後半：自己擅長的題材（寫作）」。

如果光用自己擅長的題材去寫這篇文章，應該只能夠很生硬地談論「文章中的客觀性很重要」的理論吧。

不過在聽見這段總評時，我內心瞬間浮現一個想法，就是「好，就用這個題材作為文章的開頭吧！」因為我認為這樣應該比較能夠引起讀者的興趣。

再介紹一篇我在臉書上發表的文章。

前些日子，我在紀錄片節目《情熱大陸》上，看到創作歌手 miwa 做了這麼一番評論：「因為我知道自己沒辦法一次就寫出才華出眾的歌詞，所以我是那種會一遍一遍修改的類型。第一版、第二版、第三版，先一次又一次地寫，然後再去精雕細琢。我的才能大概就像一顆石頭吧，但我很努力地去磨，想要用最耀眼的狀態出現在世人面前。」

我對這番話感同身受。

因為寫作也是一樣的。

我承認有些人有與生俱來的天賦，一次就能寫出好的文章。

但我自己並不是那種人。

我想大部分人都不是那種人。

重要的應該是要努力磨石頭，磨到閃閃發亮的程度吧。

就算不像 miwa 那麼嚴格，但只要稍微磨一下，文章水準就會大幅提升。

只要一下下就好。

在我提倡的寫作法中，有一個原則是「熱情書寫，冷靜修改」。

這裡的「冷靜修改」指的就是將石頭磨得光亮的過程。

寫作是為了自己。

修改（磨光）則是為了讀者。

這篇文章是由「前半：外部題材（miwa的評論）×後半：自己擅長的題材（寫作）」所構成的乘法。這也跟前文關於舞蹈的文章一樣，我在聽到miwa評論的瞬間，便決定「好，我要把這當成寫作題材」。

想要從外部取得文章的題材，必須從平常就架起天線，隨時接收有可能成為題材的資訊。

以我為例，我自己就經常東張西望，觀察有沒有什麼題材可以跟寫作法結合，如果不是這樣的話，我就不會在聽到舞蹈總評或miwa的評論時，想到「這個可以當成題材！」

「架起天線」也可以說是「提高察覺力」，而且「察覺力」其實就是「靈光一閃」的真面目。一般所謂的「靈光一閃」，指的是將A與B兩種不同的資訊連結在一起的能力。牛頓看到蘋果從樹上掉下來後，發現「萬有引力法則」，就是將不同資訊連結在一起，也就是「靈光一閃」的結果。

從外部取得題材的效果，不只是「題材源源不絕」而已，還可以從新鮮的題材、時事相關題材、許多人關心的題材等開始破題，藉此有效勾起讀者的興趣。

找出兩者本質上的共通點是讓乘法成功的祕訣。以前述的例子來說，因為我從「舞蹈」與「寫作」的本質中找到「客觀的重要性」，從「miwa的音樂創作」與「寫作」的本質中找到「磨光的重要性」，所以才能夠用乘法原則寫作。一旦學會從外部取得文章的題材，不僅可以跟題材枯竭說再見，還可以寫出許多切入點很有趣或耐人尋味的文章。

乘法訓練法

想要運用乘法原則寫作，一個有效的訓練方式，就是將不同資訊連結在一起的「乘法訓練法」，也就是當有A與B兩種資訊時，試著找出連接兩者的「共通點」。

- 減肥×工作效率→削除沒用的部分
- 運動員×考生→正式上場前調整心情的方式
- 雨×因感冒而引起的發燒→雖然討厭，但又不能沒有的東西
- 酒×藥→攝取太多會中毒
- 幕之內便當*×購物商場→種類豐富
- 河川×人生→無法逆流前進

就像這些例子一樣，去思考兩者的「共通點」為何。比較的對象可以是任何東西，無論差異多大，一定會有某些共通點，只要絞盡腦汁去思考，就能夠鍛鍊出尋找共通點的能力。

假如你經常寫關於「育兒」的文章，不妨試著找出育兒與各種資訊之間的共通點吧。

- 語言×育兒／健康×育兒／興趣×育兒／股票×育兒／旅行×育兒／賦稅×育兒

／室內裝潢×育兒／道路×育兒／飛機×育兒／氣球×育兒／時尚×育兒……

怎麼樣呢？在這些資訊之間，分別可以找出什麼樣的共通點呢？對育兒沒有興趣的人，也請務必動動腦筋吧。

如果是「飛機×育兒」，可以想到的共通點是「在升空之前最費力」，如果是「氣球×育兒」，可以想到的共通點是「注入太多空氣的話，有可能會破掉」，用這些共通點寫作，或許也能寫出有趣的文章吧。那麼「賦稅×育兒」又如何呢？賦稅是一種由國家或地方政府向國民徵收金錢，以提供公共服務的資金調度制度，那麼父母為了提供某些服務，是否有向孩子徵收什麼東西呢？若從這種角度去思考，說不定就能寫出切入點很有趣的文章。

假如你平常都針對某些專門的主題寫作，不妨試著把「育兒」改成你的專門領域

＊編註：日本江戶後期觀戲時食用的便當，「幕」指舞台布幕。在明治時期發展為鐵路便當。

吧。如果是專門寫關於肌力訓練的人，就可以改成「飛機×肌力訓練」、「氣球×肌力訓練」、「賦稅×肌力訓練」，相信一定能找出什麼共通點才對。

當然也可以像玩遊戲一樣，眼睛看到什麼東西，就去尋找那些東西的共通點（一群人一起玩更有意思），例如「計程車×夕陽」、「星空×牙醫」、「胡蘿蔔×髮型」……練習愈多遍愈能提高「察覺力＝靈光一閃」，自然就愈懂得如何尋找共通點。為了讓文章的切入點更有魅力，請務必多加鍛鍊這個技巧。

第5章
練出一手引人入勝的文章

24 用開頭打動讀者的感情

～解讀標語訓練法

你是否也有過這樣的經驗呢？難得有一部想看的電影，結果因為片頭太無聊，所以完全失去觀影的興致。

如果無法在一開始就抓住觀眾的心，後續就很難挽回局面了。這個道理不僅適用於電影，舉凡漫畫、小說、戲劇、搞笑秀、演講、簡報等一概如此。當然，「開頭」的重要性同樣適用於寫作。

① 今天我要告訴大家關於部落格的寫法。

不擅長寫部落格的人，請務必讀到最後。其實在部落格的寫法中，最重要的就是「文章標題」。

②　根本沒有人閱讀你的文章。

豈止沒人閱讀全文，甚至有很「大」的可能性，人們連一個字都沒看。其實在部落格的寫法中，最重要的就是「文章標題」。

試問①和②相比之下，哪一個比較讓人想讀下去呢？我想應該是②吧？①和②之間的差異，就在於「開頭」的不同。

只要讀者對「開頭＝引言」沒興趣，無論後面寫得再好、再有用，讀者都有可能在一開始就放棄閱讀。**如果想讓讀者細讀或熟讀你的文章，必須澈底地鑽研開頭的寫法才行。**

③　在網路普及已久的今日，智慧型手機使用者有持續增加的趨勢。

智慧型手機確實是一種很方便的工具，但只要使用方法稍有偏差，就有可能造成新的困擾。

④　智慧型手機的奴隸正急速增加中。

在通勤或上學的電車內、走路的時候、洗澡的時候……隨時隨地都帶著智慧型手機。

智慧型手機確實是一種很方便的工具，但只要使用方法稍有偏差，就有可能造成新的困擾。

讀完開頭第一句話以後，會讓人想繼續閱讀的應該是④吧？相對於③是用「在網路普及已久的今日……」這種沒什麼特色的一般論作為開頭，④的「智慧型手機的奴隸正急速增加中」給人一種很聳動的印象，可能有人會嚇一跳，也可能有人會反駁道：「我滑手機滑得這麼開心，竟然說我是智慧型手機的奴隸……不可能！」

不過就連反駁的人也會對理由感到好奇，想知道「這個作者究竟為何會提出奴隸一說呢？」換言之，這個開頭讓人想繼續讀下去。③與④的差異也跟前文一樣，在於「引言」的不同。

如果可以得到以下這些反應，那麼這樣的「開頭」大概就ＯＫ了，讀者繼續讀下去的可能性應該很高吧。

- 什麼！／天啊！／怎麼回事？／真的嗎？／太棒了！／真有意思！／咦～（驚訝）／嚇死人了！／真好奇！／這個話題跟我有關！／好像很有用！／真好笑！……

仔細一看，這些反應都有「！」或「？」，只要有「！」或「？」，就是讀者的感情大幅動搖的證據。

人類是感情的動物，感情不受影響就不會產生興趣；反之，感情若受到影響就很容易產生興趣。換句話說，如果想要寫出ＯＫ的「開頭」，無論如何都必須讓讀者產生「！」或「？」的反應才行。

話雖如此，有些人可能還是會想，我不知道該怎麼做才能讓人產生「！」或「？」

的反應，我建議你可以多去了解人類的心理，尤其是人類的「欲望」。

- 想要得到／不想損失／想要知道／想要體驗／想要成長／想要消除不滿、不安、壓力／想要擺脫痛苦、煩惱／想要安定／想要便利／想要好心情／想要更有自信／不想花時間／想要省去不必要的浪費／想要錢／想要〇〇／想要提升〇〇（技術等）／想要做出〇〇的結果／不想努力（想輕輕鬆鬆）／不想被〇〇束縛／想要安心／想獲得好評／想獲得讚賞／想沉浸在優越感中／想表現出好的一面／想成為伙伴／想要刺激感／想要懷舊感／想變年輕、變美麗／想要被療癒／想變得受歡迎／想要被愛……

諸如此類，人類有各式各樣的欲望。哪種欲望比較強烈因人而異，有些人成長欲望較強、有些人認同欲望（想要被人「稱讚」、「認可」的欲望）較強，也有些人是物質欲望較強。

那麼你所寫的文章的讀者，又擁有什麼樣的欲望呢？若能看穿讀者的欲望，就不難用開頭抓住讀者的心，只要稍微刺激一下那股欲望即可。

② 根本沒有人閱讀你的文章。

④ 智慧型手機的奴隸正急速增加中。

這些引言也分別刺激著讀者的欲望，②刺激的是「不想損失」、「想要消除不安」、「想要省去不必要的浪費」、「想要提升○○（技術等）」、「想要做出○○的結果」等等。④刺激的是「想要消除不安」、「不想花時間」、「想要省去不必要的浪費」、「不想被○○束縛」等等，會讓人想要繼續閱讀的文章背後，多少都隱藏著人類的「欲望」。

負責勾起讀者興趣，好讓人想繼續讀下去的「引言」，必須從整篇文章當中獨立出來思考才行。我自己在寫完文章後，一定會特別予以修正的，就是「引言」。

解讀標語訓練法

「引言就是標語。」

這是我經常在培訓或講座上說的一句話。說到標語，我想應該有人會聯想到廣告或宣傳時使用的文字，不過從廣義上來說，這個世界上很多文章都具有標語的效果。

• 傳單或海報的標題／招牌／廣告DM的標題／POP廣告／公告的標題／商品包裝上的字樣／企畫書的標題／名片的頭銜／手冊的標題／電子郵件的標題／部落格的文章標題、引言／臉書的引言／網頁或購物網站的標頭文字／影片標題、跑馬燈……

不管是哪種文章，只要「引言」不能打動讀者的感情，就無法讓人繼續讀下去，或是對內容產生興趣。反之，善於設定標語的人，不僅能讓人閱讀自己的文章，還能靠自己寫的文章創造自己想要的結果。

想要磨練標語力的人，不妨挑戰看看「解讀標語訓練法」，也就是在日常生活中看到任何標語時，訓練自己去思考那句標語在刺激「什麼人的」「什麼」欲望。

- 「努力的人，暫停努力的時間。」（羅多倫咖啡的標語）↓是不是在刺激忙碌的上班族「渴望被療癒」的欲望呢？
- 「昭和媽媽的豬肉味噌湯」（某餐廳張貼的告示）↓是不是在刺激那些經歷過昭和時代的人「想要被療癒」、「想要懷舊感」的欲望呢？

就像上述範例一樣，想像作者的心情，思考那句標語是在刺激什麼人的什麼欲望。

當你自己成為作者的時候，這種想像作者心情的能力，就會變換成想像讀者心情的能力。

- 「網路副業：會賺錢的人想的跟你不一樣！」（《週刊 SPA!》特輯標題）↓是不是在刺激那些覺得自己收入不太夠的社會人士「不想努力（想輕輕鬆鬆）」、「想要刺激感」、「想要錢」、「想要安定」、「想要知道」的欲望呢？

- 「缺乏自信的人共通的五個壞習慣」（電子報的標題）↓是不是在刺激那些沒自信的人「想要更有自信」、「想獲得好評」、「想要成長」的欲望呢？

世界上處處充滿標語，而那些標語大部分都在嘗試用某些方法打動讀者的感情。如果你以前看到標語時，都只是隨意用「嗯」或「喔」帶過的話，從今以後不妨帶著「作者的意識」去解讀標語吧。

當你的感情大幅動搖時，請試著去思考「為什麼我的感情會如此受到動搖呢？」當你的感情絲毫不受影響時，則試著去思考「為什麼絲毫不受影響呢？」愈能夠找出其中的理由，就愈能夠精進創造標語的能力。

再介紹一個適合高級者的訓練法，這個訓練法適用於讀完標語後，自己的感情絲毫不受影響時，也就是當你的感情不受影響時，試著去思考「標語該如何修改才能打動人心」，訣竅就在於透視讀者的心理。

- 「標語培訓」（培訓的標題）↓「暢銷標語創作培訓」
- 「充滿魅力的寫作法」（部落格的文章標題）↓「靠寫作培養『被討厭的勇氣』！」
- 「超簡單食譜」（在超市拿到的手作料理食譜）↓「外行人也能在三分鐘內完成的極品食譜」
- 「關於本公寓的停車場」（張貼在公寓大廳的公告）↓「危險！孩童可能會受傷！」
- 「廣獲信賴與實績的耐震診斷」（住宅的耐震診斷廣告ＤＭ）↓「你的房子真的不會倒嗎？」

如果可以的話，不要只想出一個標語，可以想五個、十個，甚至二十個，數量愈多愈好。就連專家都不太能夠一次就想到完美的標語，若用棒球比喻的話，就是「站上打擊位置」的次數愈多愈好，想出愈多組標語，打動讀者感情的機率就愈高。

假如有親朋好友願意洗耳恭聽，不妨把你想到的標語和原本的標語給對方看，然後問：「哪一個標語比較讓你想要繼續看下去？」如果對方立刻選擇由你修改過的標語，那麼你就合格了，沒被選中的時候，也請靜下心來好好追究原因吧。

25 用引號傳達臨場感

～表現心情訓練法

你經常使用引號嗎？如果你的回答是「不」的話，請從今天開始積極地使用引號吧。引號當中可以放入對話、自言自語或內心的獨白，**插入引號能夠增加臨場感，也更容易傳達自己想傳達的訊息**。

透過電子郵件向上司報告工作進度時，與其寫說：「我們也得到A公司清水社長的誇獎。」不如插入引號寫成：「我們也得到A公司清水社長的誇獎，他說：『這次的海報訴求力簡直是一百分！』」如此將更容易傳達出想要傳達的訊息。

① 我一邊看著電影，一邊不由自主地陷入沉思。

②我一邊看著電影，一邊不由自主地陷入沉思，心想「如果我是主角的話會怎麼樣呢？」

這兩段話寫的是看電影的感想，而其中能夠讓人瞬間心領神會的，應該是用引號表現內心獨白的②吧？

③兒子粗魯地把怪獸玩偶隨手一扔。

④兒子粗魯地把怪獸玩偶隨手一扔，就算是怪獸應該也很痛吧。

⑤兒子粗魯地把怪獸玩偶隨手一扔，我感覺好像聽到怪獸在哀號：「可惡，痛死我了！」

你是否也覺得臨場感的「有↓無」依序是⑤↓④↓③呢？④的「就算是怪獸應該也

很痛吧。」雖然也是在表現怪獸的心情，不過是從客觀角度去描寫，而利用引號「可惡，痛死我了！」表現出怪獸主觀心聲的⑤，比較能夠呈現出動態的臨場感。

⑥ 吸菸族與不吸菸族各執一詞。

⑦ 吸菸族與不吸菸族各執一詞，前者堅持：「有菸抽才不會累積壓力。」後者認為：「說什麼蠢話，香菸這東西有百害而無一利。」

⑦用引號明確表現出吸菸族與不吸菸族的心情，比⑥更能勾起讀者興趣。我們雖然能夠理解⑥是事實，但感情卻絲毫不受動搖，這種文章只會讓人漫不經心地「喔」一聲看過去，三秒後便忘得一乾二淨。

⑧ 您正苦惱於人群恐懼症嗎？推薦您這套《一日三分鐘冥想DVD》。

⑨「只要站在一堆人前面，我就腦袋一片空白，緊張得說不出話來……」您有人群恐懼症煩惱嗎？推薦您這套《一日三分鐘冥想DVD》。

《一日三分鐘冥想DVD》的目標客群是有「人群恐懼症」的人，而代替他們發聲的⑨比⑧更能引起人的興趣，其中說不定有人在看到「只要站在一堆人前面，我就腦袋一片空白，緊張得說不出話來……」這句話時，心想「好像是在說我耶！」這才驚覺原來自己有人群恐懼症。在「激起讀者自覺」這方面，⑨也優於⑧。

而且就在剛才，我也寫了一句「傳達心聲的文章」。

⑩ 說不定有人在看到「只要站在一堆人前面，我就腦袋一片空白，緊張得說不出話來……」這句話時，心想「好像是在說我耶！」這才驚覺原來自己有人群恐懼症。

「好像是在說我耶！」這句話就是「傳達心聲的文章」。假如不使用這句話的話，恐怕會寫出像下面這樣的文章吧。

⑪ 說不定有人在看到「只要站在一堆人前面，我就腦袋一片空白，緊張得說不出話來……」這句話時，才驚覺原來自己有人群恐懼症。

雖然意思都有充分傳達出來，但要說哪篇文章比較能勾起人的興趣，還是用引號表現心情的⑩吧。

小說或散文等作品也是，比起平淡記述事實的作品，以適當的節奏插入對話的作品感覺也比較容易閱讀，這大概是因為後者傳達出氣氛或臨場感的緣故吧。

對話、自言自語、內心獨白……如果除了這些還有其他「無論如何都想凸顯的文字」，引號一樣可以派上用場，比方稍早登場的「人群恐懼症」等就是一例。只要用引號括起關鍵字，那幾個字就會突然開始發出強烈光芒，這也可以說是作者在發出「注意這幾個字！」的訊號。本書中也使用了許多引號，在閱讀之餘不妨多加留意。

表現心情訓練法

為了寫出一篇能把心情描寫得活靈活現的文章，最重要的是平常就要養成表現心情的習慣。不妨透過「表現心情訓練法」來養成這個習慣吧。

在進行這種訓練法時，除了表現自己的心情，還要積極替「別人」、「物品」或「生物」的心情代言。除非身在完全無法出聲的場合，否則請盡量把心情化為言語，也就是練習「自言自語」。

- 精疲力盡地回到家時**↓**（表現自己的心情）「呼，今天也努力了一整天，油表燈都亮了！趕緊來泡個舒舒服服的熱水澡，再痛快地喝一杯啤酒，今晚就早早就寢吧！」
- 看著小孩恬靜的睡臉**↓**（想像小孩的心情）「今天也度過了快樂的一天，不但跟好朋友廣樹一起踢足球，還跟小桃玩任天堂打贏了她，明天又要跟誰一起玩呢？」

- 用平底鍋炒菜時➡（想像青菜的心情）「啊，身體愈來愈熱了。啊，不行啊，好燙、好燙、燙死我啦！只要我熬過這一關，就能變得更可口了！」
- 看見小狗在大太陽底下散步時➡（想像小狗的心情）「夏天的柏油路實在是太熱了～有沒有哪裡有長椅啊？有的話真想跳上去，不然我的腳底板可要燙傷了！」
- 看著運行速度變慢的電腦➡（想像電腦的心情）「又給我同時啟動這麼多程式！要是再這樣下去，就算你是我主人，我也會給你好看！」
- 替樹木澆水時➡（想像樹木的心情）「耶～謝謝～我剛好覺得口渴呢。拜託你，比平常再多給我一點水吧。」

- 用吸塵器吸地時↓（想像吸塵器的心情）「看來今天可以飽餐一頓了！隊長，這個重責大任就包在我身上吧，我一定會把地板吸得亮晶晶的！」

表現方式沒有任何限制，你可以一會兒認真，一會兒幽默，一會兒再用大阪腔，相信變化愈多，表現的幅度也會愈大。當然，你也可以配合代言對象的形象塑造角色，例如砂石車是「有點不苟言笑的形象」，小型跑車則是「有點吊兒郎當的形象」等。剛開始可能會有點害羞，不過想像自己「化身」為演出對象，即可大幅提升表現力。別擔心，沒有人在看你，或許哪天你會上癮也不一定。

26 鼓起勇氣坦白寫出自己的心聲

～承認他人訓練法

社會上充斥著「社交辭令」、「客套話」和「成人的應對進退」，對於命中注定要生活在社會這個框架中的人類而言，察言觀色或許是趨近於生存本能的「自我防衛」，也是一種避免摩擦或衝突的「刻意行為」。

不過在寫個人的文章時，「過度」的「社交辭令」、「客套話」或「成人的應對進退」恐怕是不必要的，否則很有可能會泯滅作者本身的主體性。

舉例而言，假設你看了一部大家都說「很無聊」的電視劇，你卻覺得「好好看！」，想在自己的臉書上發表關於那部電視劇的心得，可是又不免在意起他人的眼光，懷疑自己該不會是個笨蛋，否則怎麼會覺得這部電視劇「超好看」的呢？左思右想之後，也許你會採取這樣的寫法：

每個人看這部電視劇的角度都不一樣，我自己還算是滿享受的，主角那副廢柴樣實在叫人嘆氣啊（笑）。

試問寫出這樣的文章，究竟對誰有幫助呢？作者本人？讀者？不，事實上對誰都沒有幫助，不單是作者封印了自己的心情，連讀者也不得不接收到完全不同於作者真實想法的資訊，除了本末倒置外，什麼也不是。

雖然目前街頭巷尾的評價一面倒，但對我來說卻是「如獲至寶！」的傑作，尤其是主角那副廢柴樣簡直與我如出一轍，連我都不禁心想：「這該不會是參考我的廢柴樣去改編的吧？」實在對這個部分深有同感。這部電視劇才不是什麼爛作品，根本就是致贈給可愛廢柴男兒的終極應援歌啊！自認為是「廢柴」的人，千萬不能錯過啊！

這篇文章顯然比前一篇吸引人多了，說不定有人看完也產生興趣，心想：「哎唷，好像還滿有趣的嘛，不如下星期找個時間看一下吧。」

這篇文章與前一篇最大的差異在於「坦白」，一開始先提出「雖然目前街頭巷尾的評價一面倒」，再坦白陳述感想。

文中直接寫出「對我來說卻是『如獲至寶！』的傑作」、「實在對這個部分深有同感」、「根本就是致贈給可愛廢柴男兒的終極應援歌啊！」等心聲，使這篇文章成了讓讀者心生共鳴的文章。

偽裝自己配合旁人的評價、迎合多數人，或對於自己與廢柴主角產生共鳴一事感到害羞、丟臉、難堪，這樣的行為難道不是更難堪嗎？「不坦白＝不誠實」。

當然，或許有讀者會嘲笑道：「哈，什麼傑作嘛！」但你沒有必要在意那些人的反應，因為不可能每一個人都能接受你的坦白，有人「無法產生共鳴」也是理所當然的事，這有什麼關係呢？因為你就是「那樣覺得」的啊，**讀者想看的是你的「實際感受」，反過來說，若你對於寫出「實際感受」一事有所遲疑，倒不如什麼也別寫，這樣反而是對自己也對別人好。**

社會上充斥著各種資訊，有很多盲從的人，聽到現在流行A，就直奔向A，聽到現在流行B，就直奔向B。然而A或B的有效期限卻眨眼即逝，人氣立刻就被C或D給取代。過度的資訊化社會實在令人煩惱，它會奪走人類的「思考力」。現在或許是時候來認真思考，該如何改善這個見異思遷的資訊化社會了。

這是一篇批判「過度資訊化社會」論調的文章。可是如果這篇文章的作者，內心認為「一切都要怪那些被資訊化社會牽著鼻子走的人」的話呢？如此一來，這篇文章就會變得「不夠坦白」。

許多人都被資訊牽著鼻子走，聽到現在流行A，就直奔向A，聽到現在流行B，就直奔向B，完全不靠自己的頭腦思考，澈底處於停止思考狀態。然後如果結果不好的話，就把責任推卸給A或B，與此同時，卻又教導孩子們說：「不管聽到什麼資訊，都不要隨便隨之起舞喔。」真是讓人無言以對。

對作者而言，這才是坦白的文章。不是把責任轉嫁給「過度的資訊化社會」，而是對那些「不靠自己頭腦思考的大人」敲一記警鐘。雖然可能會有讀者感到不快，認為作者「自以為了不起啊」。但另一方面，應該也會有人對這篇文章產生共鳴或印象深刻才是。

重要的是要有勇氣，坦白在文章中寫出自己的心情而不委屈自己。下筆坦白的人，因為不會掩藏自己的心情，所以不會累積不必要的挫折感，再加上讀者當中也會有人產生共鳴或表示贊同，因此還能品嘗到喜悅的滋味。這種喜悅的滋味，絕非那些扭曲自己思想，寫出迎合旁人文章的人所能體會的。

當然，我的意思並不是「所有文章都必須寫出真心話才行」，比方說在寫作目的為傳達資訊等情況下，刻意壓抑自己的內心話反而是比較理想的吧，社會上本來就有很多不應該夾帶個人情緒的文章。判斷一個情況應不應該坦白寫出心聲，當然是下筆前就必須先做好的功課。

承認他人訓練法

對於坦白寫出心聲感到遲疑的人，很多都是「容易懷抱恐懼」的人，因為坦白寫出心聲會讓自己被否定、被嘲笑、被討厭，所以對於懷抱這些恐懼的人提議說：「坦白地寫出你的心聲吧。」就像對有懼高症的人提議說：「硬著頭皮一起去高空彈跳吧。」是同等地殘酷。

要讓那些人培養出坦白寫出心聲的自信心，必須替他們除去心中懷抱的「恐懼」，也就是「內心的阻礙」，而最好的特效藥就是練習去認同他人的「承認他人訓練法」。

或許有人會疑惑，「嗯？明明是自己無法坦白，為什麼認同他人的訓練法會有效呢？」確實，對那些無法坦白的人來說，好像應該採取坦白表達心情的訓練法比較有用吧？不過在那之前，當務之急應該是「認同他人」才對。

老是遭到朋友背叛的人，心裡會對遭朋友背叛一事有所警戒，慣性劈腿的人，會對伴侶是否劈腿有所警戒，愛說別人壞話的人，會對別人是否說自己壞話有所警戒，為什麼會警戒呢？因為「自己有親身經歷」的緣故。

同樣的道理也可套用在無法坦白寫出心聲的人身上。也就是說，因為他們自己在無意識間批評或輕視別人的文章，所以才害怕自己的文章「說不定也被別人批評」或「說不定也被別人輕視」。

在「承認他人訓練法」中，無論自己對別人的意見抱持什麼樣的心情（能否產生共鳴），都要採取尊重他人意見的立場。

你：擁有「人生富足程度取決於『體驗』」的價值觀。

當A表示「人生的富足程度就等於金錢的多寡」時：無法產生共鳴，但接受A擁有那樣的價值觀。

你：擁有「領導者必須在最前面帶領成員」的價值觀。

當B表示「領導者最好扮演支持成員的角色」時：無法產生共鳴，但接受B擁有那樣的價值觀。

你：擁有「不結婚就會陷入不幸」的價值觀。

當C表示「現在是一輩子單身也能活得很快樂的時代」時：無法產生共鳴，但接受C擁有那樣的價值觀。

你：擁有「人的外表很重要」的價值觀。

當D表示「靠外表判斷別人的人不值得信賴」時：無法產生共鳴，但接受D擁有那樣的價值觀。

如上所述，即使無法對那個人的意見產生共鳴或感到贊同，也應該要能接受那個人「是一個擁有那種價值觀的人」才對，而這就是「承認他人」。

這種訓練法的效果極佳，一旦學會尊重每一個人擁有自己的價值觀，那麼對於表達自己價值觀的「恐懼」也會逐漸減少。換句話說，愈能夠實踐這個訓練法，對自己也會愈來愈有信心，等到你再也不在意世人或旁人的眼光時，一切就大功告成了，從此以後，你應該會迫不及待地想要坦白寫出自己的心聲吧。

27 用自己的言語談論體驗

~抽出體驗訓練法

請閱讀以下的文章，這是某本書的介紹文。

菅原皮膚科診所菅原由香子女士的處女作《減法美肌：月診萬人皮膚科醫師親身實踐，打破保養騙術》正式開賣。怎麼做才能夠保養肌膚呢？本書充分提供實用的技巧，有興趣的讀者請千萬別錯過。

你對這本書產生興趣了嗎？你有想要購買這本書的念頭嗎？對這本書產生興趣的人，是不是本身就很注重肌膚的保養，或是正困擾於肌膚的問題呢？

事實上，我曾在臉書上發表一篇關於這本書的文章。

我在發表那篇文章時，特別用心的部分是「用自己的言語談論體驗」。重點不在於說明書籍內容，而是針對這本書帶給我多少衝擊，寫下自己的故事。請閱讀以下文章，並與前面的介紹文做比較。

「反正我是男生啊，跟我沒關係。」

如果一直這樣掉以輕心……事情可就大條了！

大概讀到第二章我就開始冒冷汗，讀完後整個人茫然若失（・_・;）

等我意識到時，我已經在向自己的身體深深謝罪了。

「我以前一直傷害你，真是對不起！」

菅原皮膚科診所菅原由香子女士的處女作《減法美肌：月診萬人皮膚科醫師親身實踐，打破保養騙術》，

這本書非讀不可，

千萬別被封面給騙了，

就算是男性同胞也必讀!!（搞笑藝人吉他武士的語氣）

因為肌膚會忠實反映出身體的狀態，
這個事實無分男女！
尤其關於「食物」的章節最恐怖了，
嚇得我不禁全身顫抖，
沒想到我從小相信「這個對身體好！」的食物，竟然全部都是「毒」……
無知這件事，實在罪該萬死，
天啊，太震驚了，
如果是有在使用化妝品的女性，震驚的程度應該是我的好幾倍吧，
但人就是應該受到這種驚嚇才對（笑），
雖然不是普通地難受！
受到超重量級的驚嚇後，對自己的身體深深謝罪，從今以後向自己的身體贖罪，
這才是「高尚的大人」應有的表現不是嗎？
如果想獲得真正的美肌，不，如果想獲得真正的健康，不，如果想無病無痛地長命百歲，唯有經歷這樣的過程才行，

如此優質的情報竟然只要一千三百日圓*就能入手……

從與前文相反的意義上來說，這也是一件令人驚嚇的事。

一般來說，介紹書籍的文章大多不會得到太大的回響，但這篇文章卻比平常得到更多的「讚」，連號稱最會活用社群網路的作家樺澤紫苑都分享我的文章，並留下這樣的評語：「看完這個會讓人產生強烈的購書欲望，所以還是別看比較好，但看了又能學到寫作技巧，所以如果只是看看的話也還不錯啦。」此外，有名女性看完這篇發文後，留言道：「連男性都能感覺到必要性的書，好想知道內容喔！」也有一名男性留言說：「我立刻就買了一本！」之所以得到如此熱烈的回響，應該不只是因為書籍內容的說明，更是因為我用自己的言語寫出親身體驗的關係。

作者的體驗與感想占據這篇文章的大半篇幅，所謂的「驚嚇」指的是感情上的落空，但處理這種感情上的落空時，不以嚴肅的語氣去談論，而是用自虐中帶點幽默的方式去表現，也是此處的重點，因為創造「笑果」可以打動讀者的感情，至於天外飛來一筆的「吉他武士的語氣」，這個哏雖然有點過時又令人噴飯，但這個玩笑話也是我故意放進去的。

雖然是老王賣瓜，但這可說是一篇根據親身驚嚇體驗，上下左右動搖讀者感情，以順利抵達目的地的文章。在社群網站上，比起憂鬱、沉悶的話題，明快或好笑的話題更容易引起回響。

許多人在寫介紹文或心得文時，都會從對象的說明開始下筆，例如「這本書寫的是〇〇」等，然而人類身為感情動物，對於理論大多沒什麼興趣，而說明就是一種理論，除非讀者對主題相當感興趣，否則無論內容再正確，寫得再精采，感情都不容易受到動搖。「『反正我是男生啊，跟我沒關係。』如果一直這樣掉以輕心……事情可就大條了！」這樣的引言與書籍的說明完全相反，是我的親身體驗、我的故事，換句話說，這並不是理論。

事實上，大家會如此踴躍回應我的發文，恐怕是因為他們在讀前面幾行時，就已經對我的文章產生興趣，覺得「作者好像想要講什麼有趣的體驗」吧。在那個當下，還沒

＊相當於台幣三五〇元。

有人注意到那篇文章是一本書的介紹文，但這樣也沒關係，因為只要大家對我的體驗產生興趣，後面寫的有關書籍內容的說明，大家自然而然會把它讀完，不，甚至是滿心期待地把它讀完。

當然，要結合什麼樣的體驗全憑作者高興，切入的方法有很多種。

> 老實說，我已經為肌膚乾燥的問題苦惱了二十年以上。
> 尤其冬天特別嚴重，全身癢得不得了，每天抓個不停，皮膚都被我抓得傷痕累累，簡直像是跟人打過架一樣（淚）。

也可以先從這樣的引言開始，然後帶到「讀完這本書以後，我終於知道肌膚乾燥的理由了」，用這樣的方式介紹這本書。

> 登愣！枉費我四十二年來都用沐浴乳努力刷洗身體，
> 想不到那寶貴的歲月，竟然被這本書給全盤否定了！

也可以先從這樣的引言開始，再帶到「其實很多沐浴乳當中都含有〇〇……」，巧妙地將話題轉移到書籍的介紹。在文章中結合個人體驗，就能勾起讀者閱讀的欲望。

打動讀者感情的是「體驗」而非「理論」。

如果想要成為寫作高手，必須徹底遵守這個原則，你的體驗會是寫作上相當有用的利器。

抽出體驗訓練法

要把個人體驗結合進文章裡，必須能夠隨時從自己的記憶中抽出「體驗」才行。以下將介紹的是「抽出體驗訓練法」，也就是用眼睛看到的「人」、「事」、「物」等為題，想一想自己曾經有過什麼樣的「體驗」。

【抽出體驗訓練題目「車站」】

與車站有關的回憶（約會在車站碰面等）／誤解車站公布欄內容的經驗／經常搭車

的車站／喜歡的車站與討厭的車站／對車站的不滿之處／在車站接送人的經驗／人氣鐵路便當「峠之釜飯」的回憶／在公車站或機場等非電車站體的回憶……

【抽出體驗訓練題目「頑固老頭」】

被父親的頑固搞得烏煙瘴氣的回憶／小學時被鄰居凶老頭邊罵邊追的回憶／中學時被嚴厲的棒球社教練痛罵的回憶／年過四十以後逐漸變成頑固老頭的自覺／幾年前還很可愛的妻子，不知為何愈來愈像頑固老頭的現狀……

【抽出體驗訓練題目「宇宙」】

親眼看見ＵＦＯ的經驗／和宇宙有關的小說、繪本、電影、漫畫、紀錄片、圖畫、插畫／參觀博物館等經驗／夢想成為太空人的童年回憶／天文觀測的經驗／在露天溫泉仰望夜空的經驗／在美國的沙漠仰望夜空的經驗／參觀日本宇宙航空研究開發機構的經驗／做夢夢到的宇宙漫遊記……

【抽出體驗訓練題目「流行性感冒發威的新聞」】

感染流行性感冒的經驗（發高燒、做惡夢等）／預防接種的經驗（為了逃避預防接種而刻意裝病等）／疑似感染流行性感冒，但去醫院篩檢後平安無事的經驗／用棉花棒沾取鼻腔深處黏液做檢查的痛苦經驗／家人感染流行性感冒的經驗……

等到逐漸習慣「抽出體驗訓練法」後，就愈來愈能掌握抽出體驗題材的訣竅。每一道題目至少抽出兩、三個體驗，簡單一點的題目就請抽出將近十個體驗吧。如果你在寫作時，會很自然地開始檢討起「放進哪個體驗能讓文章更有趣呢？」那就代表這個訓練有成果了。

28 用故事打動人心

～故事編寫訓練法

你是小說家嗎？

答案恐怕是「No」吧。

那麼你有在寫故事嗎？

這一題的答案恐怕也很多都是「No」吧。

「又不是小說家，沒有理由寫故事吧。」

雖然我很想回答你：「話是這麼說沒錯。」但事情真的是這樣嗎？或許根本不是沒有理由寫故事，而是大部分在寫故事的人，都沒意識到自己正在寫故事吧。假如真的是這樣的話，其實只要對以往從未意識到的、自己正在寫的故事提高意識，就更容易讓人對你的文章產生興趣。

①　我從上個月開始學鋼琴。

假如這是你認識的人寫在部落格上的文章，請問你讀完以後會有什麼感覺呢？若不是沒什麼感覺，就是不痛不癢地心想「喔，這樣啊」吧。那麼以下的文章又如何呢？

②　我從上個月開始學鋼琴，小時候不管我怎麼拜託媽媽，她都不讓我學，這一回總算讓我實現心願了。

讀完這篇以後，你是否多少有些被打動，心想「哇，那真是太好了！」呢？②有而①沒有的，就是「故事」。

正如前一節所述，人類是感情的動物，理智上能夠理解，情感上卻不受動搖的情況並不在少數。**故事和經驗一樣，都具有打動人心的力量**。

以下三項是我認為「打動讀者感情的故事具備的條件」。

- 有時間的流動（連續性）
- 有高低差（起伏）
- 烘托出重點訊息（研磨力）

以下就來逐項具體檢視吧。

首先是「有時間的流動（連續性）」，例文②的「開始學鋼琴」（現在）和「小時候……」（過去）就是一種時間的流動。

接下來，「有高低差（起伏）」的基準有很多種，其中「狀況不如預期＝低」和「狀況良好＝高」，是眾多基準中較容易打動人心的高低差之一。

- 原本很憂鬱（低）↓心情豁然開朗（高）
- 原本以為不可能（低）↓結果卻成功了（高）
- 原本水火不容（低）↓後來萌生友誼（高）

- 原本不會○○（低）↓後來學會○○（高）
- 原本精疲力盡（低）↓消除疲勞後，整個人神清氣爽（高）

例文②當中也有「開始學鋼琴」（高）和「小時候不管我怎麼拜託媽媽，她都不讓我學」（低）的高低差。

即使有時間的流動與高低差，如果不能烘托出想要傳達的重點訊息，那麼大費周章地寫故事仍是一件毫無意義的事。

例文②因為有「小時候……」之後的句子，所以才烘托出「開始學鋼琴的喜悅」這項重點訊息。

滿足「有時間的流動（連續性）」、「有高低差（起伏）」和「烘托出重點訊息（研磨力）」三項條件的②：「我從上個月開始學鋼琴，小時候不管我怎麼拜託媽媽，她都不讓我學，這一回總算讓我實現心願了。」就是一篇很完整的「故事」。即使是一篇不滿五十字的文章，依然足以構成一個故事。**沒錯，故事比我們想像中更平易近人。**

③ 兒子順利考進東大了。

考進東大無庸置疑是一個好消息，接下來請再與以下活用故事的④和⑤比較看看。

④ 一年前偏差值只有四十的兒子，順利考進東大了*。

⑤ 老把「憑我的腦袋根本不可能」掛在嘴邊的兒子，順利考進東大了。

比起③的文章，④和⑤更能讓人感覺到「考進東大」這個終點的光芒，應該有人不禁想對作者說：「你兒子真的很努力呢」吧？④和⑤各有各的故事。

④的故事

時間的流動：一年前（過去）↓考進東大（現在）

高低差：偏差值四十（低）↓考進東大（高）

烘托出重點訊息：比③更能烘托出「考進東大」這項重點訊息

⑤的故事

時間的流動：準備考試中（過去）↓考進東大（現在）

高低差：缺乏自信，幾乎要放棄（低）↓考進東大（高）

烘托出重點訊息：比③更能烘托出「考進東大」這項重點訊息

承上所述，即使只是描述「考進東大」這一件事，單純用資訊傳達事實和用故事傳達事實，讀者接收到訊息的方式卻大不相同。反而言之，**如果想要打動人心，只要有意識地活用故事即可**。

另外，故事的高低差也可以使用「高↓低」的順序。

＊偏差值是日本衡量高中職學生學力的數值，與學力呈正相關，東京大學二〇一七年偏差值在七十四以上。

⑥ 由於颱風接近，明天的登山活動取消了。

⑦ 從半年前就開始期待的登山活動，因為颱風接近的關係而取消了。

⑥的文章並未超出資訊傳達的範疇，反觀⑦因為提到「從半年前就開始期待」，所以構成一篇故事，即使是在讀⑥的文章時感情絲毫不受影響的人，在讀⑦的時候應該也會覺得「那真是太可惜了」吧？這就是感情受到動搖的證據。

⑦的故事

時間的流動：從半年前開始（過去）↓明天的登山活動（現在）

高低差：期待（高）↓登山活動取消（低）

烘托出重點訊息：比⑥更能烘托出「登山活動取消」這項重點訊息

故事有各式各樣的好處。

【好處①】感情容易動搖（容易產生興趣或好奇）
【好處②】容易感情移入（能夠體驗別人的經驗）
【好處③】容易產生共鳴
【好處④】可以烘托出想要傳達的訊息
【好處⑤】容易殘留在記憶裡
【好處⑥】容易向人傳達（容易口耳相傳）
【好處⑦】成為自己（作者）的語言
【好處⑧】具有能夠應用在任何文章中的萬能性

況且我們最喜歡故事了，舉凡神話、傳說、民間故事、童話、電影、戲劇、小說、舞台劇、歌曲、音樂劇、廣告、漫畫、演講、紀錄片、繪本、圖畫劇、搞笑短劇、落語、漫才、簡報、俳句……這些全都包含故事的要素。

因為人類就是這麼喜歡故事，所以根本沒有不使用故事的理由。

糟糕，要撞上了！哎呀！呼，好險，逃過一劫。

這篇文章也是一個完整的故事，不知不覺就被帶入情境中了，對吧？

故事編寫訓練法

為了寫出有故事的文章，平常最好養成用「故事」掌握事物的習慣。此處要推薦的就是「故事編寫訓練法」，也就是**為了烘托出自己想要傳達的訊息，不以「點」去掌握事實，而是從「時間的流動」與「高低差」等面向去掌握事實**，然後在腦海中編寫故事。

事實：誤打誤撞走進一家拉麵店，沒想到拉麵非常好吃。

故事範例：店內有些陰暗，客人也零零星星，老闆的臉還很臭，我一度後悔心想：「唉，我不該走進這種店的。」沒想到吃了一口拉麵後，我驚為天人，因為拉麵超級無敵好吃的，絕對是今年的第一名。

時間的流動：吃拉麵前的描寫（過去）↓吃拉麵（現在）

高低差：想像拉麵不好吃（低）↓拉麵超級無敵好吃（高）

故事的「材料」並不會只有一種，只要環視周圍就會發現「材料」比比皆是。接下來也試著用其他「材料」來編寫故事吧。

事實：誤打誤撞走進一家拉麵店，沒想到拉麵非常好吃。

故事範例：龐大的工作量讓我毫無食慾，今天也從早到晚只喝水而已，我抱著「多少得吃點什麼東西……」的念頭走進無意間看到的拉麵店，心想「這一餐又要吃不完了吧……」沒想到吃了一口拉麵後，我驚為天人，因為超級無敵好吃的，豚骨湯頭異常地刺激食慾，我光顧著埋頭猛吃，結果一眨眼的時間就吃完了。

時間的流動：吃拉麵前的描寫（過去）↓吃拉麵（現在）

高低差：毫無食慾（低）↓一眨眼的時間就吃完了（高）

「毫不期待→超級好吃」、「毫無食慾→一眨眼的時間就吃完了」，這個故事是用完全不同的「材料」編寫而成，不過兩個範例都很清楚地傳達出拉麵的美味。除此之外，生活周遭還散落著許許多多故事的「材料」。

- 原本想吃日本料理，但只找到拉麵店→拉麵很美味，幸好選擇了拉麵！
- 第一次約會選在拉麵店，本來以為女朋友會不喜歡→拉麵很美味，女朋友非常開心！
- 好像快感冒了，身體不自覺發冷→因為拉麵很美味，所以又恢復精神了！

試著像這樣用各種「材料」去編寫故事吧。

29 擁有「自信」與「決心」

～斷言訓練法

「因為聖母峰就在那裡。」

這是英國登山家喬治・馬洛里（George Mallory）對於「你為什麼要去爬聖母峰？」這個問題做出的著名答覆。

「因為我覺得聖母峰就在那裡，雖然只是我這麼覺得而已……」

「因為我想聖母峰大概就在那裡吧。」

「雖然有很多理由，但其中之一是『因為聖母峰就在那裡』。」

假如馬洛里的答覆是這樣的話，或許他說的話就不會被後世不斷傳誦了吧。正因為他斷言道：「因為聖母峰就在那裡。」所以才構成世人將他的話視為名言的重大要素。

「斷言」就是十分肯定地說一件事。要十分肯定地說一件事，必須擁有「自信」與

「決心」。「斷言」的背後多少含有「就算不能讓所有人都產生共鳴也無所謂」或「接受異議、反駁或批評」的心情。「自信」與「決心」是「斷言」的動力，動力愈大愈容易刺進讀者的心。

① 擔心自己健康的人，不妨參考一下這本書如何？

② 擔心自己健康的人，務必要讀這本書。

這是某本書的介紹文，比起委婉地表示「不妨參考一下這本書如何？」的①，斷言「務必要讀這本書」的②，更能讓人產生想要閱讀的感覺，其中②有而①沒有的，就是「斷言」。

很多人都討厭斷言，因為他們沒有「自信」與「決心」，因為他們不想要對自己的想法或意見負責任，因為他們處於「優柔寡斷」的狀態，如果不先準備好「退路」，就會不安得無法動彈，所以才無法斷言，也無法刺進讀者的心。

③ 好像有愈來愈多年長者希望在退休以後，繼續從事能夠發揮自己能力的工作。如果在這個時候針對年長者舉辦「六十歲以後的就業指導」座談會，說不定會掀起話題。

④ 有愈來愈多年長者希望在退休以後，繼續從事能夠發揮自己能力的工作。如果在這個時候針對年長者舉辦「六十歲以後的就業指導」座談會，肯定會掀起話題。

這是企畫書的文章，讓人感覺比較有說服力的，是斷言「有愈來愈多」和「肯定會掀起話題」的④，使用「好像有愈來愈多」和「說不定會掀起話題」等委婉用詞的③，無法讓人感覺到作者對企畫的「熱情」，是一篇缺乏自信與決心的「優柔寡斷」、「靠不住」的文章。

如果從③的作者立場來看，他應該覺得「畢竟包含外部資訊，而且誰也不曉得能不能夠掀起話題不是嗎？」所以「這樣寫也是沒辦法的事吧」。不過在格外講求說服力與熱情的企畫書中，使用「傳聞（好像）」或「推測（說不定）」並不能夠打動讀者的心。

⑤ 我將為貴公司貢獻我卓越的分析力。

⑥ 順利的話，說不定可以為貴公司貢獻我卓越的分析力。

假如你是企業徵才的負責人，請問你覺得⑤和⑥的文章寫在履歷表上，哪一句話比較能夠感受到氣魄呢？不用說也知道吧？⑥的作者如果被徵才負責人問到：「那如果不順利的話，你就無法貢獻了是嗎？」他又會如何回答呢？想必會一時語塞，答不上話來。

當然，繞著圈子的表現或委婉的表現，在寫作上是必不可少的（本書中也大量使用），日本人本來就有偏好使用委婉或謙虛用詞的傾向，況且「斷言」過度的話，也容易讓人有「高高在上」、「自己為是」的感覺，其中也有人在缺乏自信與決心的狀態下，輕易使用「必定」、「絕對」、「肯定」等用詞，而招致讀者的不信任，「斷言」的平衡與拿捏真的是一件很困難的事。

不過如果你注意到自己的「優柔寡斷」，最好能夠放掉那樣的壞習慣。**明明自己有真正想傳達的訊息，無論是想法、意見、提議或主張，卻用委婉的表現逃避，當然對讀者，甚至對自己都是一種背信行為。**不僅文章本身沒有意思，彼此能夠得到的好處也很少。

既然寫出如此空虛的文章，那麼在明白「世界上沒有絕對」的前提下，抱持自信與決心，果敢「斷言」的勇氣也是必要的不是嗎？這並不是在否定「繞著圈子的表現」或「委婉的表現」，有時配合情況或文章的目的，「適時地使用看看怎麼樣呢？」才是我的提議。

斷言訓練法

寫作時無法斷言的人，是平常就避免斷言的人，當中也有不少人已經養成不斷言的習慣，而且因為已經到了習慣的程度，所以絕大多數都是本人毫無自覺的情況。此處要推薦的就是「斷言訓練法」，方法很簡單，就是平常在對話時，盡量使用斷言的句法。

- 「那樣說不定會耗費成本」↓「那樣會耗費成本」
- 「我覺得應該來得及趕到」↓「我來得及趕到」
- 「我應該可以提供協助」↓「我會提供協助」
- 「我認為小林應該是對的」↓「小林是對的」
- 「利用率似乎達到史上最高」↓「利用率達到史上最高」
- 「我正在考慮要參加」↓「我要參加」
- 「我認為鈴木是適任的」↓「鈴木很適任」
- 「我想我也有責任」↓「這是我的責任」
- 「這天恐怕是公休日吧」↓「這天是公休日」

當然，寫的時候不必刻意扭曲或誇大事實，畢竟不可能每一句話都用斷言的語調。

然而，如果避免斷言的理由來自於無關緊要的顧慮、謙虛或逃避的話，那就一定要切換意識的開關才行，**不要採取「有退路」的說法，而要下定決心勇於「斷言」**。

這個訓練法的目的是斬斷對「斷言」的恐懼，一開始或許需要勇氣，但久而久之就不會再對斷言一事有抗拒感了。隨著對「斷言」的恐懼逐漸降低，寫下斷言文章的機會也會愈來愈多才是，請盡情享受那樣的變化吧。

30

均衡使用「理論」與「感覺」

～分辨「邏輯or情感」的診斷法

「邏輯」與「情感」。

想要寫出引人入勝的文章，這是兩大不可或缺的要素。

邏輯就是「理論、道理」。

情感即「感情、情緒、心情」，粗略來說就是「感覺」。

兩者的關係就像汽車的左右輪胎一樣，左右的大小或性能不同的話，就無法直線行駛，必須經常考慮兩者的平衡才行。

一篇文章即使再有道理，如果當中沒有作者的「感覺」，很有可能成為一篇無聊的文章，也就是欠缺情感的文章。

反之，一篇文章即使再有「感覺」，如果道理不通的話，就無法確實地傳達給讀者，也就是欠缺邏輯的文章。

這道理也可以用音樂加以代換，完美按照樂譜演奏的曲子雖然「邏輯滿分」，但當中如果沒有包含情感的話，聽眾的心也不會被感動吧？反之，即使是充滿情緒的「情感百分之百」的音樂，假如沒有演奏技巧，聽眾的心八成也不會被感動。

「邏輯」與「情感」是切也切不斷的關係，當一篇文章均衡地結合兩者而不只偏重一方時，就能夠打動人心。

①　提高家有年幼孩童的主婦再就業率是我的使命，不，是我的天命。

在日本，很多原本有工作能力的主婦，只因為「家裡有年幼孩童」就喪失工作機會，對日本經濟來說，還有什麼比這損失更大的呢？

我自己也曾經如此。生完孩子後，我原本想馬上開始工作，但即使去二度就業面試，面試官一得知我是個「家裡有年幼孩童的主婦」，態度立刻冷淡許多，甚至還吃過閉門羹，就算我想工作，環境也不允許。想要兼顧育兒與工作的主婦，究竟該如何是好呢？為了幫助那些擁有類似煩惱或疑問的主婦，我打算今後也要繼續推廣這個「媽媽就業計畫」的活動。

作者很清楚地傳達出她的感覺，可是要說這篇文章說服力滿分嗎？好像也不是這樣，應該也有人會質疑說：「那只是妳剛好碰到這種情況吧？」或「妳只是把自己的體驗一般化而已吧？」接下來，請閱讀以下的文章。

② 各位知道M字曲線嗎？M字曲線就是用圖表呈現日本女性年齡別勞動參與率時，繪製出來的M字型曲線。這條曲線顯示，在女性生育或育兒期間的三十幾歲階段，就業率呈下降趨勢，很多人直到育兒告一段落後，才重新投入職場。這是日本特有的現象，歐美地區並沒有這樣的M字趨勢。為了消除這個M字曲線，勢必得提升家有年幼孩童的主婦的再就業率。

這是一篇邏輯分明的文章，讓人清楚了解到日本女性的勞動參與率趨勢。不過光是閱讀這篇文章，其實不太會有被打動的感覺，頂多就只是讀完覺得「上了一課」而已。

①是能讓人感覺到「感覺」，也就是「情感」的文章；②是提示「道理」，也就是「邏輯」的文章，那麼我們將①和②結合在一起看看吧。

提高家有年幼孩童的主婦再就業率是我的使命，不，是我的天命。

各位知道M字曲線嗎？M字曲線就是用圖表呈現日本女性年齡別勞動參與率時，繪製出來的M字型曲線。這條曲線顯示，在女性生育或育兒期間的三十幾歲階段，就業率呈下降趨勢，很多人直到育兒告一段落後，才重新投入職場。這是日本特有的現象，歐美地區並沒有這樣的M字趨勢。為了消除這個M字曲線，勢必得提升家有年幼孩童的主婦的再就業率。

在日本，很多原本有工作能力的主婦，只因為「家裡有年幼孩童」就喪失工作機會，對日本經濟來說，還有什麼比這損失更大的呢？

我自己也曾經如此。生完孩子後，我原本想馬上開始工作，但即使去二度就業面試，面試官一得知我是個「家裡有年幼孩童的主婦」，態度立刻冷淡許多，甚至還吃過閉門羹，就算我想工作，環境也不允許。想要兼顧育兒與工作的主婦，究竟該如何是好呢？為了幫助那些擁有類似煩惱或疑問的主婦，我打算今後也要繼續推廣這個「媽媽就業計畫」的活動。

即使是分別看①和②兩篇文章會覺得不足的人，在看到這篇結合「邏輯」與「情感」的文章以後，內心應該也會被打動吧？

接下來再從別的角度來檢視「邏輯」與「情感」的特性吧。

人大致上可以分成以下兩種類型，你屬於其中哪一種類型呢？

【邏輯型】容易對「理論」或「道理」產生共鳴的人

【情感型】容易對感情、情緒、心情等「感覺」產生共鳴的人

接下來，假設你開始學習網球，請問你比較喜歡哪一型的教練呢？

- 從理論開始仔細指導擊球技術的教練
- 用正面積極的態度不斷鼓勵你說：「你可以的！」的教練

倘若你是邏輯型，那麼你可能適合前者，倘若你是情感型，那麼你可能適合後者。話雖如此，一個是光顧著教你技術卻完全不鼓勵你的教練，另一個是光顧著鼓勵你卻完全不教你技術的教練，有一好沒兩好，不禁讓人想吐槽說：「難道就沒有剛剛好的教練嗎！」最理想的應該是兩方特性兼具的教練吧？能夠指導技術，也擅長給予鼓勵，這才是「邏輯×情感」的教練應有的樣子。

再問一個問題：假如你是一個上班族，請問你比較想追隨以下哪一位老闆呢？

- 「一起做一番激勵人心的事業吧！」「一起懷抱夢想工作吧！」「一起帶給人類和社會幸福吧！」總是把這些正面訊息掛在嘴邊的老闆
- 經常思考經營面的策略或戰術，並根據資料理性評估怎麼做才能創造更多利潤的老闆這個問題也會出現意見分歧吧？不過一個是言論積極，但在推展工作上沒有任何具體方法論的老闆，另一個是擅長創造利潤，卻沒有任何理念或願景的老闆，跟剛才一樣有一好沒兩好，實在讓人想吐槽說：「難道就沒有剛剛好的老闆嗎！」

最理想的應該是兩方特性兼具的老闆吧？確實擁有總論上的理念或願景，又精通具體該如何執行的分論。換言之，就是擅長靈活運用「邏輯×情感」這兩把刀的老闆。

當然，人並不會百分之百屬於邏輯型或情感型，至於對哪一種類型比較容易產生共鳴，甚至兩者的比例都因人而異。例如A是「邏輯三＋情感七」，B則是「邏輯八＋情感二」等。正因如此，寫作時讓邏輯與情感交織的方法才會有效。

當然，針對特定讀者寫作時，對「邏輯三＋情感七」的讀者要增加情感，對「邏輯八＋情感二」的讀者要增加邏輯，像這樣**配合讀者的類型調整邏輯與情感的比例，才是最理想的**。

此外，一般而言，男性比較屬於「理論型（偏重邏輯）」，女性比較屬於「情緒型（偏重情感）」，先掌握這樣的大方向應該沒有壞處。

分辨「邏輯or情感」的診斷法

想要巧妙地將邏輯與情感融入文章裡，必須先掌握自己的輸出（書寫、發言）是屬於邏輯型或情感型。此處要介紹的不是訓練法，而是分辨自己屬於哪一種類型的診斷法，請回答以下的問題：

「別人怎麼評論你的輸出呢？請圈選出符合的項目。」

- 理論的／說明的／具體的／理性的／容易理解／頭頭是道／冷靜／生硬／死板／

「雖然能夠理解意思，但無法感受到心情。」

- 感覺的／直覺的／抽象的／熱情的／情感強烈／靈光一閃／冗長／柔和／柔軟／

「雖然能夠理解心情，但無法接受。」

前者符合項目較多的人屬於邏輯型，後者符合項目較多的人屬於情感型，兩者項目分布平均的，應該可以算是邏輯與情感取得良好平衡的人，或者比較一下符合的項目，也可以衡量兩者的比例，例如「邏輯三＋情感七」等。

在回答這個問題時，請勿光憑自己的主觀導出答案，因為先入為主的偏見或主觀會影響最後的答案，請回想一下別人對你說過的話，例如：「山口先生講話總是頭頭是道呢。」如果無論如何都想不起來的話，不妨詢問朋友、同事、家人等能夠告訴你真心話的人：「你認為這裡面哪些項目與我相符呢？」擔心是不必要的，因為別人永遠比自己更能看清楚自己。

診斷完成後，如果你的輸出屬於情感型，那麼不僅在寫作時必須如此，與人交談時也最好有意識地多融入邏輯，這樣讀者也會比較容易接受才是。反之，如果你屬於邏輯型，那麼最好有意識地多融入情感，這樣更容易向讀者傳達你的感覺。

31 用無拘無束的表現創造臨場感與躍動感

～擬音、擬聲、擬態語會話訓練法

日本搞笑藝人宮川大輔因為人氣節目《人志松本絕不冷場談話秀》而聲名大噪，說到他口語表達的特徵，就是有很多擬音語，而且運用得當。

「揪拎～！（踩到狗屎滑一跤的聲音）」、「咕嚕咕嚕嘣！（野豬從山上滾下來的聲音）」、「咕哇！（小學時喜歡的女生放屁的聲音）」、「呸咕～（從二樓跳下來以後，膝蓋撞到下巴的聲音）」……

正是因為這些意想不到的描述，觀眾才會如此捧場吧？換句話說，重要的並不是「正確性」，**如何傳達出充滿臨場感的氣氛，這才是使用擬音語時的重點**。

宮川大輔運用擬音語的口語表達方式，在寫作上也十分實用，也就是包含擬音語在內的「Onomatopoeia」的活用。所謂的「Onomatopoeia」就是日文中「擬音語」、「擬聲語」和「擬態語」的統稱。

【擬音語──模擬自然界聲音或物體聲響的表現】

- 嘩啦嘩啦／唏哩唏哩／鏘／喀啦喀啦／轟隆隆／啪嗒／劈哩劈哩／咚咚／唰～／咻！……

【擬聲語──模擬人類或動物聲音的表現】

- 汪汪／咩咩／啾啾／唧唧／咕、咕咕──／哇──／哇～哇～／哈哈哈／啊哈哈／嘰哩呱啦……

【擬態語──用感覺形容事物的姿態、形狀、模樣的表現】

- 直勾勾／悉悉簌簌／坐立不安／滑溜溜／咕溜溜／黏糊糊／活蹦亂跳／亮晶晶／陰沉沉……

光是人的一個動作，就有「慢慢地」、「搖搖晃晃」、「團團轉」、「慢吞吞」、「東倒西歪」、「爽爽利利」、「撲撲通通」、「躂躂躂」、「唰唰唰」、「咻——！」等數不盡的表現方式，使用擬音、擬聲、擬態語描寫物體聲響、聲音、狀況、心情等，能夠充滿臨場感地傳達出現場的氣氛或情景，讓讀者留下深刻的印象。

①　我驚訝得說不出話來。

②　「响！」我驚訝得倒抽一口氣。

驚訝的時候用「說不出話來」來表現，就是所謂的「既有公式」。換言之，①是千篇一律的表現方式，反觀②則將本人不由自主發出的驚訝聲直接化為文字，比①更有臨場感。另外，也可以使用最基本的「哇！」雖然稍嫌缺乏個性。

③　接到不合格的通知後，我不禁垂下肩膀。

④　接到不合格的通知後，我不禁疲軟地垂下肩膀。

比起沒有使用擬態語的③，使用「疲軟」的④可以說是更有臨場感的表現吧。

⑤　打開蓋子後，水蒸氣冉冉上升。

⑥　啪地一聲打開蓋子後，熱騰騰的水蒸氣冉冉上升。

儘管描寫得是同一種狀況，但比起未使用擬音、擬態語的⑤，使用了「啪」和「熱騰騰」等的⑥，描寫得更有真實感，讀者腦中會浮現影像的應該也是⑥吧。

⑦　將剛出爐的小籠包放進口中的瞬間，我不由得驚嘆出聲，滿溢的肉汁實在太美味了！

⑧ 將熱呼呼的小籠包咻地放進口中的瞬間，我不由得「哇！」地驚嘆出聲，肉汁「嘩～」地滿溢出來，實在太美味了！

把⑦和⑧放在一起比較時，兩者的臨場感差距一目瞭然。⑦的筆觸平淡，不太會讓人留下印象；相對於此，⑧則頻繁使用「熱呼呼」、「咻」、「嘩～」等，讀起來令人興奮不已。

⑨ 第一眼看見她的瞬間，我就感覺心臟愈跳愈快，同時還有一股熱意湧了上來。

⑩ 第一眼看見她的瞬間，我就感覺心臟撲通撲通地愈跳愈快，同時還有一股熱意「哄～」地湧了上來。

使用了「撲通撲通」和「哄～」的⑩，更能夠真實地傳達出作者的心情，如果把

「撲通撲通」改成「砰咚砰咚」或「咚地漏了一拍」，更能夠表現出心臟的劇烈鼓動。

大名鼎鼎的文豪宮澤賢治，也是出了名地擅長使用擬音、擬聲、擬態語的人，例如：「這時颳起一陣颶風，樹葉和雜草被颳得沙沙作響，樹木也轟隆轟隆喧嚷著。」（摘自《要求特別多的餐廳》）、「天空白光閃閃，風吹草動，霧珠嘩嘩地被抖落在地。」（摘自《風又三郎》）……閱讀宮澤賢治的作品就能清楚知道，擬音、擬聲、擬態語可以多麼地不拘形式，而且在引導讀者想像故事場景上又是多麼地有效。

擬音、擬聲、擬態語會話訓練法

為了能在寫作時隨時運用擬音、擬聲、擬態語，在日常對話中也請盡量使用吧。我把這命名為「擬音、擬聲、擬態語會話訓練法」，練習時請盡量以達到宮川大輔的水準為目標吧。

「外面一直傳來消防車喔咿喔咿的鳴笛聲，完全聽不到你剛才在說什麼。」

「『乒呤乓啷！』東西突然從架子上掉了下來。」

「肚子一陣一陣地抽痛，頭也一陣一陣地刺痛，這樣的雙重折磨根本要了我的命。」

「我高興得簡直要飛天了，還不是『咻～』地飛上去，而是『咻──！』地飛上去。」

「爸爸他啊，一大早就在走廊上焦急地走來走去，聽到門鈴『叮咚』一響，就『噠噠噠』地衝向玄關呢（笑）。」

「就在劇情即將來到高潮時，有個觀眾的手機『鈴鈴鈴鈴鈴～』地響起，一下子把我拉回現實世界，我好久沒有這麼生氣了。」

「後藤一溜煙地就從後衛背後竄了出來，『砰』地一擊拿下決勝的一分，現場氣氛瞬間嗨到最高點。」

雖然擬音、擬聲、擬態語的固定用法不少，但在訓練時不需要拘泥於形式或原則，不妨充分發揮創造性或獨特性，創造出至今為止從來沒說過，也從來沒聽過的表達方式吧。

在會話中使用擬音、擬聲、擬態語的好處，不僅是「增加表現方法的庫存」而已，由於說話方式會創造出臨場感或躍動感，因此更容易勾起對方的興趣，整體的口語表達能力也會更上一層樓，被旁人稱讚「說話真有趣」的機會也會愈來愈多吧。

當你愈來愈能夠在對話中感受到擬音、擬聲、擬態語的效果，相信你一定也會忍不住想要運用在文章裡，請配合時間、地點與場合，臨機應變地加以活用吧。

第6章
你的世界與人生將因文章而改變

32 替你的文章增添色彩的七句話

好了，本書也即將接近尾聲，到目前為止傳授的訓練法如何呢？最後我要告訴你，替你的文章增添色彩的七句話，如果你能在執行各種訓練法時，把這七句話擺在頭腦的某個角落，相信你的文章一定會更加出色。

1 借鏡他人的文章，矯正自己的文章

如欲提升寫作力，請學習他人的文章吧。這句話的意思並不是要你學習作家的文章，而是**世界上所有文章都是你的老師**。

舉例而言，你在電腦上收到的郵件，應該有些會讓你心想「這封郵件很好懂」，也有些會讓你心想「這封郵件真難懂」吧？無論在哪一種情況下，倘若你只讓自己停留在

「心想」的階段，那麼你的文章永遠不會進步，重要的是用自己的方式去分析，為什麼你覺得這封郵件「很好懂」，又為什麼覺得那封郵件「真難懂」，其中必定有什麼理由或原因才對。

比方說，當你收到一封內容難以理解，而且莫名讓人煩躁的郵件時，你就可以去分析說：「這篇文章是不是因為〇〇，所以才難以理解呢？」或「這篇文章是不是因為〇〇，所以才讓人煩躁呢？」

「〇〇」當中可以放進以下的內容。

「太少換行」、「一句話太長了」、「漢字實在太多了」、「專門用語實在太多了」、「主詞與述詞搭配不當」、「缺少賓語」、「修飾語與被修飾語相差太遠」、「逗號的位置很奇怪」、「太多不必要的形容詞」、「太多錯字或漏字」、「社交辭令太表面」、「用字遣詞很幼稚」、「資訊太多」、「用字太簡略隨便」、「沒有掌握正確的事實」、「意見模稜兩可」、「結論不清不楚」、「理由不清不楚」、「欠缺冷靜」、「太拐彎抹角」、「不夠謙虛」、「思慮不夠周全」……這些都是常見的原因。

剛開始可能不太能夠找出特定的理由或原因，不過只要持續把心思擺在這上面，就能漸漸看到「容易理解的理由」、「難以理解的原因」、「令人煩躁的原因」、「令人感動的理由」、「覺得有趣的理由」、「覺得無聊的原因」等等。

找到確切的原因或理由後，接下來就是要跟自己的文章相互對照。「學習」在日文當中也有「模仿」之意，當你看到容易理解的文章或你覺得很棒的文章時，就有模仿那些文章的理由；反之，當你看到難以理解的文章或你覺得不好的文章時，就要把文章不好的原因當作反面教材。

好不容易讀完一篇文章，卻毫無想法地看過就算的話，等於是白白放棄一個精進文筆的機會。我再強調一次，世界上所有文章都是你的老師，每一篇文章肯定都有值得學習的優點。

2 適時使用「鳥眼」與「蟲眼」

用「鳥眼」和用「蟲眼」看到的景色截然不同。無論是鳥眼還是蟲眼，看到的景色都是真實的。

舉例而言，如果用「蟲眼」看感冒症狀，會覺得非常討厭，又是發燒，又是打噴嚏，還有流鼻水、咳嗽、頭痛、全身倦怠……應該會有很多人覺得「可以的話我一點也不想感冒！」吧？

不過如果用「鳥眼」看感冒症狀就會發現，這是一種保護身體不受病原菌或病毒侵襲的自我防衛機制，正因為免疫系統正常運作，才會出現感冒症狀，如果沒有感冒症狀的話，人說不定很容易就喪命了。從這個角度去思考就會看見，感冒症狀對人類來說是多麼「寶貴的存在」。

「鳥眼」與「蟲眼」的概念在寫作上也十分有效。無論是單憑「鳥眼」的主張或意見，或者是單憑「蟲眼」的主張或意見，都很容易流於膚淺。

因此，寫作時必須冷靜判斷自己是從什麼角度看待事物。重要的是，當自己從「鳥眼」的角度看待事物時，應當思考「如果用蟲眼看的話，會看見什麼呢？」當自己從「蟲眼」的角度看待事物時，則應當思考「如果用鳥眼看的話，會看見什麼呢？」

唯有結合鳥與蟲兩種看待事物的角度，才能看見前所未見的景色，而那副景色將會為你所寫的文章帶來深度與色彩。

3 讀書有助於提高寫作力

多讀書有助於提高寫作力，我也認同這個意見。

但究竟為什麼多讀書有助於提高寫作力呢？

因為可以增加知識或詞彙量、擴寬表現的幅度、學習文章的鋪陳或結構……這些的確是提高寫作力的要因沒錯，不過我想在此大力強調的「提升寫作力的要因」卻是以下兩點。

【重要因素①】可以接觸他人的思考或情感

【重要因素②】可以經由①注意到自己的思考或情感

「啊，原來世界上還有這樣的想法啊！」

「啊，原來別人有這樣的情感啊！」

透過接觸他人的思考或情感，有人第一次注意到自己的思考或情感，也有人更加深了原有的思考或情感。無論何者，都會經由「接觸他人的思考或情感」的體驗，鍛鍊「寫作力」最根本的「思考」和「情感」的肌肉。讀書本身就具有自我啟發的機能，尤其是那些聲稱「我不擅長把自己的心情化為言語……」的人，更是強烈建議你去讀書，因為「無法把自己的心情化為言語」的原因，很有可能跟寫作技巧什麼的毫無關聯，而是你從來「沒有注意到」自己的思考或情感。**讀書，就是了解自己的思考或情感，亦即面對自己內心的最佳橋梁。**

此外，書讀得愈多，愈能夠看清楚這個世界。假設我們發現A和B兩本書的共通點，點和點連成線後，更能夠看清楚這個世界好了，那麼一百個點比十個點更容易看清本質，一千個點又比一百個點更容易看清本質（因為線的數量增加）。看得見這世界本質的人和看不見本質的人，何者寫的文章更有說服力或深度呢？答案不言而喻吧？讀書不僅可以了解自己的思考或情感，更是一種有效貼近世界本質的手段。

4 慶幸自己遇到「困難」

我自己在寫作時，也會有感到「困難」的瞬間。

假如理想的文章樣貌是一百分的話，有時我會覺得自己寫的文章只有六、七十分。達不到滿分的原因每一次都不太一樣，有時是理論支離破碎，有時是提不出好的具體範例，有時是節奏不夠流暢，有時則是想不出貼切的譬喻，甚至也有時候是核心主旨本身就很脆弱、無法進入狀況，或身體狀況不佳。

那麼感覺「困難」究竟是一件好事呢？還是一件壞事呢？（即使答案很明顯，還是要強調）當然是前者，因為感覺「困難」就證明你看得見眼前的障礙，只要能夠跨越那道障礙，絕對能夠寫出比現在更好的文章，所以當然是「好事」，剩下該做的，就只是跨越過去而已。

就我來看，那些眼前明明有障礙，卻絲毫沒注意到，還一股腦向終點衝刺的人，反而比較可怕。因為他們會不顧理論的支離破碎、不顧文章缺乏具體實例、不顧節奏不夠流暢、不顧文章中沒有貼切的譬喻、不顧主旨太過脆弱，直接讓文章呈現在他人面前。

日本著名編輯見城徹曾說過這麼一句話：

「所有順利進行的工作都該懷疑。」

當然，我並不認為事情的順利進行百分之百是一件壞事，不，可以的話，我希望工作順利進行（笑），可是沒注意到眼前的障礙，一股腦地繞過障礙向終點衝刺，這種「順利」是很危險的。被迫閱讀一篇稱不上最好的文章是讀者的不幸，但對得不到成長機會的作者來說也是一種不幸。

如果你在寫作時也有這種感到「困難」的瞬間，那代表你有可能注意到了眼前的障礙，而正因為你想要寫出一篇好的文章，才能夠看見那個障礙，所以請慶幸自己遇到了「困難」吧，沒有什麼障礙是跨不過去的，**跨越障礙後誕生的文章，肯定也會受到讀者喜愛吧**。當然，你自己也會大幅成長才是。

5 透過「書寫」，「認識」自己

如果這個世界上只有自己，沒有其他人的話，我們恐怕連「自己是誰」都不知道吧？因為有其他人在，我們才知道自己是誰，而文章也有同樣的功能，也就是像一面「鏡子」一樣，讓我們看見「自己是誰」。「書寫」這種行為，就是一種將曖昧模糊的意識化為形體的行為，也是深化自己的思考，促進自我成長的行為。

在美術館看見一幅畫，不禁感動地流下眼淚……

假設你有這樣的經驗好了，請問你為什麼會流淚呢？如果就這樣置之不理的話，或許你一輩子也不會得到答案，不過倘若你試著將看見畫作的感覺寫成文章，就能逐漸看清楚自己原本模糊不清的意識。

「啊，原來我還有這樣的情感啊。」

「啊，原來我還有這樣的想法啊。」

「啊，原來我在煩惱這種事情啊。」
「啊，原來我喜歡這樣的東西啊。」

寫作能夠讓人「意識到」自己是誰。透過這種意識的過程，人的視野會變得更寬，思考會變得更深入，看待事物的方式會有所改變，價值觀會汰舊換新，還會注意到以往無法理解的他人的心情，這些全都是人性的成長。隨著每一天的進化，認識自我的旅程永遠不會結束，所以寫作這件事才會如此刺激，刺激到令人上癮的程度。

面對看似艱澀的寫作題目時，不妨「刻意」提筆挑戰看看吧。比方說，「我想要如何迎接自己的死亡？」或是「我最想要別人對我說的話是什麼？」或是「對我來說最大的喜悅是什麼？」等等。

只要能針對這些問題寫出答案，就能夠看見自己的人生觀或價值觀。即使無法寫出明確的答案，也不需要感到沮喪，因為挑戰回答艱澀的題目，這個行為本身就是一種成長。

當然，因為是認識自己的過程，所以難免也會有感到難受的時候，說不定還會有忍不住想移開視線，不想面對自己另一面的時候，不過這才是寫作的樂趣所在。透過書寫認識自己，然後在了解自己的前提下放眼世界，唯有經歷這樣的過程，才能夠看見以前從未見過的世界。**人可以藉由寫作改變自己的人生**。

6 寫作具有「情感的宣洩與淨化作用」

尿液、糞便、汗水、二氧化碳……當這些東西被排出體外時，人會覺得「舒服」，因為那些東西裡面含有老廢物質，如果老廢物質一直堆積在體內，人就會生病，所以才要攝取氧氣或營養，排出老廢物質。換句話說，如果這些代謝功能正常的話，人就能夠維持健康。

語言也有類似的特性。舉例而言，當你感覺工作很沉重時，如果一直把沉重的心情堆積在體內，就有可能會生病；反之，如果你覺得很沉重時，向朋友傾吐自己的煩惱說：「喂，你聽我說嘛，我最近工作壓力好大。」心情多少會舒坦一些。

人為什麼會流淚呢？

雖然理由似乎不是很明確，但如果說眼淚具有「情感的宣洩與淨化作用」，應該很多人都能理解吧？事實上，我們在悲傷、後悔、寂寞、高興，或是鬆了一口氣的時候，都有透過哭泣「宣洩情緒」的經驗。

不僅是說話而已，透過書寫也能夠得到同樣的效果。如果遇到討厭的事情、痛苦的事情、傷心的事情、寂寞的事情，不妨試著把心情寫在筆記本或隨身手冊裡，這樣心情多少會平復一些才是。

我也建議可以寫在部落格或臉書等社群網站上，讓他人了解自己的心情，這樣一來，「暢快感」也會更加地高漲。如果任何人都可以瀏覽你的文章，當然嚴禁寫一些貶低他人的抱怨、不滿或中傷毀謗等等，書寫的方式必須十分注意。

當我們誠實寫下自己的情感，並且被別人所接受時，就會感覺到無上的幸福，或許是因為感覺到自己的「靈魂」被他人所接受的緣故吧。

如果你是不太會把情感表現出來的人，不妨把這當作一種排毒，試著一口氣把心情寫成文章，相信在情感經過宣洩與淨化後，你就能夠體驗到那種心情莫名輕鬆許多的感覺。

7 用「未來履歷表」提升自我形象

你對自己有自信嗎？

「文章」與「自信」的關係比想象中還要接近，即使是內容相似的文章，有可能A寫的文章看得出自信，B寫的文章看不出自信，類似的情況並不在少數。無論如何，一個人的自信都會反映在他寫的文章裡。

有一個詞叫「自我形象」。所謂的「自我形象」，就是「一個人對自己的看法」。對自己看法很糟糕的人，自我形象低；對自己看法很好的人，自我形象高。自認為「我不擅長寫作」的人，自我形象低；自認為「我很擅長寫作」的人，自我形象高。無論何者都會在他們的字裡行間，流露出那樣的形象，這是再怎麼掩飾也掩飾不了的事，這就是自我形象。

為了寫出被讀者喜歡、愛戴與接受的文章，維持自我形象高的狀態是最理想的。

因此，我想在此提出的，就是一個提升自我形象的祕訣，這個祕訣就是「寫未來履歷表」。

一般說到履歷表，寫的都是現在或過去的事，但「未來履歷表」寫的則是未來的事。雖然說是未來，但並不是「預測」或「預想」，而是想像自己實際身在未來，已經達到理想的境地後，所寫的履歷表。

未來就設定在五年後。

你現在身在五年後的世界，請想像自己五年後理想的模樣：「如果我可以成為這樣的人就再好不過了。」想好之後，直接開始寫自己的未來履歷表。注意喔，是理想的模樣，所以不需要害羞或顧慮太多。

「司法考試合格」、「初次當選眾議院議員」、「去哈佛大學留學」、「和○○○結婚」、「搭乘私人太空船飛往太空」、「自己獨立出來創辦公司」、「在搞笑之王比賽中獲得冠軍」、「靠油畫入圍二科展」……什麼樣的內容都無所謂。

為了那些不曉得該如何發揮想像力的人，以下就來介紹我自己的未來履歷表吧。

自從二〇一五年在日本出版的《素人也能寫出好文章》達到百萬銷量以來，截至目前為止總共出版三十冊以上，總銷售量超過四百萬本，還被世界上三十個國家翻譯。

目前我一邊往來於鎌倉的自宅與峇里島的別墅，一邊兼顧寫作與演講活動。我在二〇一八年付梓的《語言大冒險》，以商業類小說獲得第一個直木獎。此外，我以「傳達吧，連結吧。」的概念在二〇一九年成立的「日本寫作大學」，以亞洲為中心在全世界二十五個國家開設分校，並在二〇二〇年被認定為國際聯合推薦的模範大學。

除此之外，我所屬的Medikatsu樂團在二〇一九年發表的歌曲「Kotoba與Kokoro」，累計下載量達到一千萬次的紀錄，不僅被選用為東京奧運的官方主題曲，我的樂團更在當年第一次登上紅白歌合戰。

內人是「女性生活支援家」的山口朋子。小女山口桃果則在二〇二〇年初次搬上舞台即掀起話題的數學音樂劇《1-9!》中，被拔擢為主角。

我的興趣是與心愛的黃金獵犬「魯邦」一起在弓濱海岸玩你追我跑的遊戲，和每個月一次的現場自彈自唱表演。目前正計畫從二〇二一年開始，以「書寫世界」為主題，環遊世界一周。現為日本文部科學省認定特別大學講師。

怎麼樣呢？不覺得我有相當驚人的妄想力嗎（笑）？但能夠突破到這種程度是很重要的，因為不管會不會實現，這都是自己的理想。

重點是「盡可能扮演理想的自己」並且「具體地書寫」。因為是五年後的自己，所以誰也沒有理由數落你，請下定決心動筆吧。如果將你寫的未來履歷表公開，可以得到更好的效果，但就算不公開，也仍然能夠得到充分的提升自我形象的效果。

寫下來就會實現，這可以說是成功法則的原則，不過扮演理想的自己，再寫下「未來履歷表」，效果絕對是更加驚人。從你寫下的那一刻起，自我形象就會大幅提升。老實說，我心裡已經完全把自己當作「日本文部科學省認定特別大學講師」了（笑）。請務必享受一切發生在自己身上的變化。

透過未來履歷表成為理想的自己後，你的文章應該會更清楚易懂，也更充滿魅力，能夠打動讀者的心，請不要忘記那一分自信。當你覺得自己好像快失去自信時，只要更新未來履歷表就ＯＫ了，藉由重新接觸「五年後的自己」，將自我形象固定在較高的水準。

當然，未來履歷表的內容會烙印在大腦和潛意識裡，因此等你意識到的時候，應該已經照著未來履歷表的內容，走在理想的人生之路上了吧。你一定能夠成為「你想要成為的人」。

結語

這一趟擺脫「不會寫作的詛咒」的旅程如何呢？

即使你還沒一一挑戰本書介紹的訓練法，但相信讀完這本書的你，寫作力已經有了驚人的成長才是。

因為透過本書，你應該已經了解到「寫作時應該思考什麼」、「應該做好哪些準備」等重點。

相信有人已經迫不及待想要動手寫些什麼了吧？

這種心情就是擺脫「不會寫作的詛咒」的證據。

我想再次重申我在本書第一行寫的那句話。

你有寫作的天分。

請不要忘記這句話。

人類是會思考的動物，是感情的動物。

你活著的每一天都在思考，都在經歷感情的變化。

文章就是這些「思考」或「感情」的結晶。

換句話說，文章就是「你自己」。

你擁有全世界獨一無二、最棒的思考與感情。

接下來該做的，就只是研磨你的寶物，創造出實際的輸出（書寫）而已。

請務必對自己有信心。

如果你心中還有一絲不安，也請放心吧。

本書就是為了喚醒你體內沉睡的天分而存在。

請務必利用空閒時間挑戰本書介紹的訓練法，你整個人應該會出現巨幅的轉變，包括視野更寬廣、大腦更靈活、思考更深入、知道對方想要什麼、意識到真正的自己……

這些都會成為寫作上相當有用的利器。

當你無論如何都寫不出來，或絞盡腦汁都想不出該寫什麼才好時，請隨時重新翻閱這本書吧，相信一定能夠找到任何對你有幫助的話才是。

最後，我要在此感謝 Sunmark 出版的黑川可奈子女士，感謝她從這個企畫還是一顆脆弱的卵開始，就一路引領我孵蛋，直到本書孵化為止。

另外，也請讓我在此向我的最佳顧問，也就是平日不斷給我忠告與建議的內人朋子，和我寫作動力來源的小女桃果致上謝意，一直以來謝謝妳們了。

然後還要謝謝翻開本書的你。

我衷心期盼有一天能夠與你所寫的文章相遇。

國家圖書館出版品預行編目(CIP)資料

素人也能寫出好文章：從動筆前的「思考準備」到下筆後的「冷靜修改」，誰都能寫好作文、報告、企畫書的32種練習! / 山口拓朗著 ; 劉格安譯. -- 一版. -- 臺北市 : 臉譜, 城邦文化出版 : 家庭傳媒城邦分公司發行, 2018.08

面； 公分. --(臉譜書房 ; FS0093)

譯自：書かずに文章がうまくなるトレーニング

ISBN 978-986-235-686-9（平裝）

1.寫作法

811.1 107010952

城邦讀書花園
www.cite.com.tw

ISBN 978-986-235-686-9
Printed in Taiwan.

臉譜書房 FS0093

素人也能寫出好文章

從動筆前的「思考準備」到下筆後的「冷靜修改」，
誰都能寫好作文、報告、企畫書的32種練習！
書かずに文章がうまくなるトレーニング

作者｜山口拓朗（TAKURO YAMAGUCHI）
譯者｜劉格安
編輯總監｜劉麗真
責任編輯｜陳雨柔
行銷企畫｜陳彩玉、陳玫潾、朱紹瑄
封面設計｜萬亞雰
內頁排版｜極翔企業有限公司

發行人｜凃玉雲
總經理｜陳逸瑛
出　版｜臉譜出版
城邦文化事業股份有限公司
10483台北市民生東路二段141號5樓
電話：(02) 886-2-25007696
傳真：(02) 886-2-25001952
發　行｜英屬蓋曼群島商家庭傳媒股份有限公司
城邦分公司
地址：10483台北市民生東路二段141號11樓
網址：http://www.cite.com.tw
客服專線：(02) 2500-7718 ｜ 2500-7719
24小時傳真專線：(02) 2500-1990 ｜ 2500-1991
服務時間：週一至週五09:30-12:00 ｜ 13:30-17:00
劃撥帳號：19863813　戶名：書虫股份有限公司
讀者服務信箱：service@readingclub.com.tw
香港發行所｜城邦（香港）出版集團有限公司
地址：香港灣仔駱克道193號東超商業中心1樓
電話：+852-2508-6231
傳真：+852-2578-9337
電郵：hkcite@biznetvigator.com
馬新發行所｜城邦（馬新）出版集團
【Cite (M) Sdn. Bhd. (458372U)】
地址：41, Jalan Radin Anum, Bandar Baru Sri Petaling, 57000 Kuala Lumpur, Malaysia.
電話：(603) 90578822
傳真：(603) 90576622
電郵：cite@cite.com.my
初版一刷｜2018年8月
定價｜350元